U1068848

诺贝尔奖获奖者散文丛书

斑驳的时光

（苏）帕斯捷尔纳克　著
马永波　李冬冬　张春媚　译

江苏凤凰文艺出版社
JIANGSU PHOENIX LITERATURE AND ART PUBLISHING, LTD

图书在版编目（CIP）数据

斑驳的时光 / (苏) 帕斯捷尔纳克著；马永波，李冬冬，张春媚译．-- 南京：江苏凤凰文艺出版社，2017.10

（诺贝尔奖获奖者散文丛书）

ISBN 978-7-5594-0636-1

Ⅰ．①斑… Ⅱ．①帕… ②马… ③李… ④张… Ⅲ．①散文集 - 苏联 Ⅳ．① I512.65

中国版本图书馆 CIP 数据核字（2017）第 135876 号

书　　　名	斑驳的时光
著　　　者	（苏）帕斯捷尔纳克
译　　　者	马永波　李冬冬　张春媚
责 任 编 辑	黄孝阳　王　青
出 版 发 行	江苏凤凰文艺出版社
出版社地址	南京市中央路 165 号，邮编：210009
出版社网址	http://www.jswenyi.com
印　　　刷	三河市人民印务有限公司
开　　　本	880 × 1230 毫米　1/32
印　　　张	7.5
字　　　数	153 千字
版　　　次	2017 年 10 月第 1 版　2021 年 7 月第 3 次印刷
标 准 书 号	ISBN 978-7-5594-0636-1
定　　　价	42.00 元

（江苏凤凰文艺版图书凡印刷、装订错误可随时向承印厂调换）

目　录

柳维尔斯的童年

第一章　漫长的日子

一

热尼娅·柳维尔斯在彼尔姆市出生、长大。后来她对往事的回忆，如同她当年的玩具船和洋娃娃一样，都沉没在家里到处都是的毛茸茸的熊皮里。他的父亲是隆耶夫斯基矿山的业务主管，在丘索瓦亚的厂主中间有一大批客户。

别人赠送的毛皮都是深棕色的，软软的。她儿童室里的那张白色母熊毛皮好像一朵散落的大菊花。它是专门为“小热尼娅的房间”添置的——在商店里选中、谈好价钱后买下来，并找人寄回来的。

每年夏天，他们都住在卡玛河对岸的别墅里。那时候，热尼娅都是早早就被大人哄上床睡觉的，她看不见莫达维利哈区的灯火。但是有一次，那只安卡拉猫不知道被什么东西惊吓到了，在睡梦中猛地颤动了一下，把热尼娅惊醒了。于是她看到大人们都在阳台上。垂在横梁上方的赤杨树枝叶繁茂，像墨汁一样变幻着颜色。杯子里的茶水是红色的，袖口和纸牌是黄色的，呢绒桌布是绿色的，这些就像是梦魇，但这梦魇有着热尼娅很熟悉的名称：他们在打牌。

然而很难断定在河对岸发生了什么，它很遥远、很遥远，没有名称，没有清晰的色彩，没有明确的轮廓，它是激动不安、可爱而又亲切的，它不是梦幻，不是那种在香烟的烟雾里辗转反侧、喃喃低语，把鲜明飘忽的影子投射在走廊棕红色的木柱上的东西。热妮娅哭了起来。父亲走了进来，向她解释。英国女教师把身子转过去对着墙。父亲的解释非常简短：

“那是莫达维利哈，没羞，这么大的姑娘了。睡觉吧！”

小女孩什么都没弄懂，只是满意地把流下来的眼泪咽进嘴里，她本来就只有这点要求：知道那个未知的东西叫什么——莫达维利哈——那天夜里，这个解释就说明了一切，因为在这个夜晚，这个名称对孩子来说还具有完整的令人安心的意义。

但是，第二天早上，她开始提与此相关的问题了：莫达维利哈是什么地方，那里的人们夜晚都在做什么。她知道了莫达维利哈是家工厂，国营工厂，那里生产生铁，用生铁又生产……但她已对这些不感兴趣了，她感兴趣的问题是，那些被称作“工厂”的地方是不是一些特别的地方，谁住在那里；不过她并没有提出这个问题，不知道为什么，她把这些问题故意隐藏起来了。

这个早晨她就走出了自己的幼年，那个昨天夜里她还生活在其中的幼年。她平生第一次对某种事物加以怀疑，这种事物或者留给自己，或者，只对下面这种人敞开，他们会大喊大叫和惩罚别人，会抽烟，用门闩把门插死。就像这个新知道的莫达维利哈一样，她平生第一次没把心里想的事情都说出来。而最重要的，最需要的，最令人不安的事情都被她独自隐藏在心里。

转眼几年过去了。孩子们自打出生起就习惯了父亲的经常外出，他们把这种情况看成是父亲身份的特殊之处：很少与子女共用午餐，从来不在家吃晚饭。他们越来越频繁地在空荡而庄严的房屋里玩耍，吵闹，喝水，吃饭。而英国女教师冷冰冰的说教代替不了母亲的存在，母亲的暴躁和顽固像一种亲切的电流使家里充满一种沉重的气氛，但这沉重也是甜蜜的。北方的日色静静地透过窗帘涌进来。它没有微笑。橡木餐柜有些发白，银制餐具笨重、艰难地堆放在里面。英国女教师用熏衣草液洗过的手在餐桌布上方移来移去，她不会给任何人少分一份饭菜，她拥有取之不尽的耐心；她富有高度的正义感，她的房间和她的书籍永远是那样的安静整齐。女佣端上饭菜后，会很长时间留在饭厅里，直到取下一道菜时才去厨房。一切都愉快而舒适，但却悲哀得可怕。

对于小女孩来说，这是充满疑虑和孤单的年纪，感到自己有罪以及因无法用“基督教”表达明白，而希冀用法语的“基督主义”来表述某种东西的时期。有时候她感到，由于她的败坏和顽固不化，一切不可能会好，也不应该好，这都是活该如此。然而，孩子们从来没有意识到这些，恰恰相反，他们的全部身心都在战栗和徘徊，完全被父母在家时对待他们的态度给弄糊涂了，那时，父母亲称不上是回家，只是回到这个房子。

父亲偶尔讲讲笑话，但总是不太成功，有时还很不恰当。他能感觉到这一点，也感觉得到孩子们明白这一点。他的脸上总是浮现出窘迫不安的愁苦表情。但是当他生气的时候，当他失去自控力的那一时刻，完全会变成另外一个人。一个对任何感情都没有反应的陌生人，孩子们也从来不敢和他顶嘴。

但是从某一时刻开始，他对孩子房间里传出来的埋怨以及孩子们眼中流露出来的批评已经麻木了。他感觉不到批评。这样一个不易被任何事刺伤、变得让人认不出来的卑微的父亲，同那个发怒的父亲——那个陌生人截然不同。他抚摸两个孩子，对女儿的爱抚较儿子多些。

可母亲常使他们两个感到难为情。母亲尽情地给予他们爱抚，给他们礼物，一连几个小时和他们共度时光，但偏偏此时的孩子们最不希望这样，此时的一切会使他们感到是在不劳而获，他们幼小的心灵因而受到压抑。母亲本能并且任性地给孩子们起亲昵的外号，在这些昵称中，他们甚至认不出自己了。

当他们心中出现少有的安宁、不觉得自己犯了什么错误时，当内心深藏的秘密——那种好像出疹子之前的高烧一般遮掩着的东西不再使他们良心不安，他们常常会感觉母亲是个冷漠的、回避他们并且无缘无故就发火的人。邮差来了，信是寄给母亲的。她收了信，并没有道谢。“回自己屋去！”然后砰的一声关上了门。他们沉默地耷拉着头，一种落寞感袭上心头，长时间陷入沮丧和困惑不解之中。

开始发生这种事的时候他们往往是哭一场，后来，在母亲一次猛烈的发火之后，他们害怕了。随着时间的流逝，这一切演变成深藏在他们心中的对母亲越来越深的反感。

父母对待孩子的一切都是那么不合时宜，一方面，这些不是因孩子们引起的，都是其它无关的原因。同时，这使双方产生了疏远，这种情况总是谜一样那么难解，就如同晚上，当所有人都睡下的时候岗哨上空低沉的呻吟。

孩子们就是在这种环境的培养下成长的。他们没意识到这些，因为连成年人都很少认识到或感觉到这种环境是如何形成的、调整并且捆绑在一起的。生活只告诉为数不多的人它在对他们做什么。生活太爱这个事业了，它在工作中只和那些祝愿它成功并且喜欢它的工具的人交谈。任何人都没有权利帮助生活，可每个人都可以干扰它。怎么干扰它呢？是这样的，如果信任树木任其自由生长，树木就会不断地长出树瘤，或者完全连根死掉，或者把精力全部浪费在一片叶子上，因为它忽视了应该效仿的宇宙，并会在千里挑一地培育出某件东西之后，开始在千万个事物中只再生出一个模子的东西。

为避免心灵长出节疤，为了不让心灵的成长停滞下来，为了不使人类的愚钝混杂在永恒本质的创造之中，便出现了许多把人类庸俗的好奇心从生活中抽离出来的东西，生活不喜欢面对人工作，并且千方百计地逃避人。为此，便产生了一切真正的宗教、所有共同的观点和人们的一切偏见。其中最突出、最能够为人消解愁闷的是心理学。

孩子们已经走出了未开化的幼儿阶段，处罚、酬劳、奖励和公平正义的概念已经稚气地渗透进他们的内心，并把他们的认知引向一旁，允许生活和他们一起创造它认为需要的、有价值的、美好的东西。

二

霍桑小姐不会这么做。有一次，柳维尔斯夫人无缘由地对孩子们大发柔情，却因一个微不足道的理由对这位英国女教师出语尖刻，于是她便离开了这个家庭。很快，她的位置就不为人知地被一位干巴巴的法国女人取代了。在以后的回忆里，热尼娅只记得那个法国女人像苍蝇一样没有人喜欢。她的名字已完全被遗忘了，热尼娅甚至说不出在哪些音节和发音中能碰到这个名字。她只记得法国女人先是呵斥她，然后拿起剪刀，把熊皮上沾着血渍的地方剪掉。

她觉得，从那以后，要经常遭到大家的训斥了，她的头将再不会有好过的时候，要经常疼了，她喜欢的那本书中的那一页将再也看不明白，它在她的眼前将变得一片模糊，就像午餐后的教科书。

那一天被拖得那么漫长，那天母亲没在家，热尼娅不为这些感到可怜，她甚至觉得，妈妈不在家她反倒很高兴。

在 passe（过去时）和 futur anterieur（先将来时）两种形式中，在给风信子浇水，沿西伯利亚街及奥汉斯克街散步的时候，那漫长的一天很快就被忘掉了。它被忘得那样彻底，以至于她生活中下一个漫长的日子，是她在傍晚时分于灯下阅读时才发现和感觉到的，当时那篇情节进展缓慢的中篇小说使她陷入许许多多无聊的思索之中。后来，每当她回忆起当年他们住在奥辛斯克的那所房子，眼前总是浮现出在那个漫长的第二天行将结束时所见到的情景，那一天实在是太长了。春天已然来临。在某一个夜晚，是那样准时，缓慢又虚弱的乌拉尔的春天忽然大面积地蓬勃起来，随后迅速地漫延至各处。灯只是把夜晚的气氛衬托得更加虚空，它们不是在发光，而是像害病的果实，由于污浊又发亮的积水而由内向外胀大，似乎要胀破它那浮肿的外皮。它们并不存在，它们又存在于需要的地方，在自己的位置，在桌子上，从雕塑装饰的天花板上垂下来，在小姑娘习惯见到的位置。同时，灯与房间的关系比它们同春日天空的关系少得多，它们似乎紧紧贴近天空，好像被端到病人床边的饮料。它们一片赤诚地待在街路上。街道上，潮湿的地面上萦绕着看院人的说话声，一到晚上，日渐减少的融雪的水滴又结成了冰，灯火整夜匿了踪迹。父母外出了。不过，母亲好像将在今天，这个漫长的一天回来，也或许是在近日归来。或者，她会在偶然的时刻突然闯进家门。这些都有可能。

热尼娅准备上床睡觉了。她认识到，这一天和那一天一样漫长是因为同样的原因，起初她想拿来剪刀，剪掉衣服和床单上的那些地方，然后又决定把法国女教师的香粉拿来，用白粉把那些污迹涂上，就在她手里抓着香粉盒时，法国女人走了进来，打了她。所有过错都集中在了香粉上。

“她在搽香粉！岂有此理。现在她什么都懂了。她早就开始注意了！”

热尼娅大哭起来，因为挨了打，因为受到斥骂，因为受了屈辱；因为，她并没有犯法国女人猜疑的那种错误，她知道自己有件事，按她的理解，比法国女人怀疑的事要龌龊得多呢。

应该让它——她迫切感觉到这点，并且带着一种麻醉的感觉——在她的太阳穴和膝盖上感觉到它——应该让它看起来很模糊，感觉是染上了鱼子酱和威士忌——应该把它隐藏起来，尽管不知道如何或为什么隐藏，但无论如何也要遮盖过去。她的关节既酸痛，又像混成一片的催眠暗示似的在移动。这种令人苦恼、疲惫的暗示是身体的问题，身体把事情的意义对小姑娘隐藏起来，像个罪犯似的，迫使她认为这次流血是很恶心、很丑恶的事。“Menteuse!”① 她只能否认，固执地把自己封闭在最糟糕的状态里，处于无知的羞耻和因街头的丑事而蒙羞的感觉之间。只能颤抖身体，咬紧牙关，忍住眼泪，紧靠着墙壁。还不能跳到卡玛河去，因为天很冷，河面漂浮着最后一批流冰。

无论是她还是法国女人，都没有及时听到门铃声。他们相互激发的兴奋消失在黑褐色熊皮的寂静中，当妈妈走进来时，一切都来不及了。她见女儿正满眼泪痕，而法国女人脸涨得通红。她要求一个解释。法国女人直截了当地告诉她——不是热尼娅，而是 votre enfant②——她的女儿在给自己扑粉，还说自己早就注意到这点并有所怀疑了。母亲没有让她把话说完——她的愤怒可不是装出来的，小姑娘还不满十三岁呀！“热尼娅——是你做的吗？——我的天，到什么程度了？”（母亲在这一刻感觉，她的话还是有意义的，好像她早已经知道女儿在变坏，在堕落，她只是没有及时处理，才导致她堕落到如此地

① 法文，“撒谎的人”。
② 法文，“你的小孩儿”。

步。）“热尼娅，说实话，否则会更糟糕。你干嘛要拿……”柳维尔斯太太大概是想说“香粉盒”，但说出的是“这个东西”，然后抓起“这个东西”，在空中挥了挥。“妈妈，别信 m-lle[①]的话，我从来就没有——”她大哭起来。但妈妈在这哭声里听出了其实并不存在的敌意的腔调，于是她感到歉意，有点心惊；依她的观点，应该纠正这一切，即便违背母性的本能，也要“提升到合乎教育原理以及理智的高度”。她决定摆脱同情心的控制，等待女儿让她深感痛苦的眼泪流尽为止。

她坐到床上，平静而空洞的目光投向书架的边缘。她浑身散发着名贵的香水味。当女儿恢复了平静，她又开始向她问了起来。热尼娅把噙着泪水的眼睛转向窗户，抽噎起来。浮冰顺流而下，想必是在哗哗作响。星星在闪烁。空寂的夜漆黑一片，它柔韧而冰冷，但是没有光泽。热尼娅把视线从窗口移开，从妈妈说的话里能听到一种不耐烦的威胁语气。法国女人靠墙站着，一本正经和用心教育人的样子。她像副官似的把手搭在表链上。热尼娅又望了一眼星空和卡玛河。她下定决心，不顾寒冷，不管流冰。她扎了进去。她语无伦次，表情异常，恐惧地对妈妈讲述了事情的经过。母亲让她把话讲完，是因为她感到大为惊讶，孩子在这段表述中费了多少心思呀。她从孩子的第一句话就一切都明白了，不，不是的，当她在开始讲述前深深吸了口气的时候，她就明白了。母亲听她讲着，心里高兴，对这个瘦小的身躯充满了爱怜和疼惜。她很想扑上去搂住

① 法文，“小姐”。

小姑娘的脖子哭一场。但是，想到教育的问题她没有那么做：她从床上站起来，一把扯下被子。她把女儿叫到身边，温柔、缓缓地抚摸着她的头。“好孩子……”她语速极快地脱口而出。她大踏步走向窗子，把脸背向她们。热尼娅没有看见法国女人。她的泪含在眼里，妈妈站在那里——满屋只有妈妈的身影。“谁收拾床铺?”这问题是没有什么意义的。小姑娘打了个冷战。她开始可怜起戈鲁莎来。然后，妈妈用她懂的法语说了几句她听不懂的话，言辞很严厉。又用完全不同的音调对她说:“热尼奇卡，你先到厨房去，孩子，我马上过去，给你讲我和你爸爸租了一个多么好的别墅，给你们——给我们度夏用。”

灯又成了自己人，就像冬天，和柳维尔斯一家人待在家里时那样——炽热、勤恳、忠诚。妈妈的貂皮大衣在蓝色的毛纺桌布上好玩地挪来挪去。“打赢了我暂时留在布拉卡达季山上受难周结束前归如果……”，剩下的字认不出来，电报的一个角折着。热尼娅坐到沙发边上，感到既疲倦又幸福。她坐下来的动作端庄而轻松，与半年之后她在叶卡捷琳堡中学走廊里沿冰凉的黄色长凳边缘坐下时的姿态分毫不差，那时，她刚考完俄语口语，得了五分，得到通知“可以走了”。

第二天早晨，母亲告诉她这种情况下应该怎么做，还说这种事没什么，不要害怕，这种事以后还会发生。她没有提到任何名字，也什么都没有解释，但是补充说，以后她将自己承担照顾女儿的责任，因为她再也不会外出了。

在家中干了没几个月，法国女人便因为疏忽懒散而被解雇了。给她租了一辆马车，下楼时，她在楼梯平台上遇见了上楼的医生。他对她的点头问候反应非常冷淡，也没有和她告别。她猜测他已经什么都知道了，便皱起眉头，耸了耸肩。

打扫房间的女佣站在门口，等候医生过去，因此，热尼娅所在的前厅里，嘈杂的脚步声和石板上传来的声音比平常持续得更久。少女成熟的初次经历就这样铭刻在她的记忆里了：清晨街道上隐约的说话声，滞留在楼梯间，清晰地渗进屋内；法国女人、女佣和医生，即两个有过错的女人和一个知情人，都在晨光、凉爽的空气和沙沙的脚步声中被清洗、消毒过了。

阳光明媚的温暖的四月天。“擦脚啦，擦脚啦！”这声音从空荡明亮的走廊这头传到那头。毛皮已经收拾起来了，准备迎接夏天。房间变得干净，焕然一新，轻松愉快地发出叹息。整个白天，在沉醉着久久不肯离去的白天，在房间的各个角落和正中间，在斜撑在墙壁上的玻璃里①，在镜子中，在盛着水的高脚杯里，在花园蓝色的空气里，稠李花贪婪地眯缝着眼睛，打扮自己，狂笑不已，而金银花则在那边洗澡，被水呛得喘不过气来。庭院里整日整夜都响着人们无聊的谈话声；他们宣布夜晚已被废除，整日一边灌着催眠汤一样的东西，一边琐碎地念叨说，夜晚再也不会有了，而且不让任何人睡觉。“擦脚，擦脚啦！”然而，他们浑身发烧，喝得烂醉，耳朵嗡嗡响，听不进别人的话，想尽快吃完饭菜，然后推开椅子，弄出一阵噪音，跑回为了晚餐而累得整个人要散掉的白天，这个白天里，干燥的树木发出短促的声响，蓝色的天空传来叽叽喳喳的叫

① 夏天，双层窗的外层玻璃会取下来，剩下的内层玻璃仍留在墙上。

声，大地像炼过油似的闪着油光。房屋和庭院之间没了界限。抹布抹不净被弄脏的地方。地板上覆满干燥明亮的灰尘，咯吱作响。

父亲带回来好些糖果和新奇的东西。家里变得异常温馨。一大包糖果发出滋润的簌簌声，预告自己将从渐渐被染污的卷烟纸中现出身来，随着这个软得像空气一样的白纸包被一层层打开，纸就变得越来越透明。糖块有的像一滴杏仁汁，有的像溅出来的天蓝色水彩颜料，还有的像变硬了的一滴奶酪。那些是模糊的、半睡半醒、沉入幻想的，而这些则是活泼的小圆点儿，好像冻在一起的红瓤甜橙果汁。真不忍心动它们。它们在起沫的纸的衬托下是那样好看，就像李子衬托着自己无光泽的果肉似的。

父亲对孩子们特别温和，并且常常陪母亲去城里。他们一同返回，显得非常高兴。重要的是，他们两人都心态平和，和蔼可亲。母亲偶尔开玩笑地用责备的眼光看着父亲时，就好像是在他那双不大也不漂亮的眼睛里汲取某种和平之感，然后用自己很大很漂亮的眼睛将它传达给孩子和周围的人。

有一次父母起来得很晚。后来，不知何故他们决定去码头停泊的轮船上去吃早餐，还带上了孩子们。他们让谢廖沙尝了尝凉啤酒。这一切他们是那样喜欢，便决定以后再来轮船上吃早餐。孩子们认不出自己的父母了。他们是怎么了？小姑娘困惑不解地享受着这份幸福，认为以后将永远这样。当得知这个夏天父母不带他们去别墅时，他们并没有感到伤心。父亲很快就走了，家里出现了三个外边包有箍环的黄色大旅行箱。

三

列车深夜才开动。柳维尔斯在一个月以前就走了，他在信中写道，房间已经准备好了。几驾马车慢慢地沿路向下驶向火车站，从马路的颜色可以看出，火车站已经临近了。马路颜色越来越深，街灯照射在褐色的铁轨上。从桥头望去，卡玛河的景致尽收眼底。桥下面轰隆一声冒出来一条黑炭般的深水沟，显得沉重而令人不安。它箭一般地冲出去，在很远很远的地方，在远方的尽头惊恐地翻滚、颤抖，在远处如闪光珠串般的信号灯之间滑行。

起风了，房屋和栅栏的轮廓向上飞起来，如同筛子上的箍圈，在翻卷的空气中波动和颤抖。空气中弥漫着马铃薯的气味。他们的马车夫从前面一排晃来晃去的篮子和车尾处挤了过去，并赶超上来。他们老远就认出用来托运他们行李的平板车。两辆车拉齐了。乌里雅莎在货车上对太太大声地喊着什么，但车轮咯咯的响声盖过了她的声音，她的身体在车上摇晃着，上下颠簸，声音也随着忽高忽低。

夜里的喧闹、黑暗的夜色和新鲜的空气对小姑娘来说都很新奇，她没有感觉到悲伤。很远很远的地方漆黑一片，显得很神秘。码头的板房后面灯火摇曳，城市把岸边和小船上的灯光放在水里洗刷着。随后，灯光不断增多，如同一群盲目的蠕虫越聚越密。在柳比莫夫码头上，烟囱、仓库的房顶和甲板都清晰地地泛着淡蓝色。驳船横在水中，仰望着星空。热尼娅想着，“这里是老鼠窝。”一身白衣服的搬运工人向他们围了上来。谢廖沙第一个跳下车，他环顾了一下四周，感到十分惊奇。他看到拉着他们行李的马车也在那里。马抬起头，套索也跟着撅了起来，像只好斗的公鸡，它紧紧顶住大车的尾部，并开始后退。一路上谢廖沙一直在惦记那辆马车会落在他们后面多远。

小男孩身着白色的中学制服，站在那里，陶醉于即将到来的旅行。旅行对他们两个来说都是件新鲜事，但是小男孩已掌握并喜欢上了这些字眼：车库、火车头、备用线、直达车，而“等级”这个语音组合对他来说带有酸甜的味道。妹妹对这些也感到惊奇，但她并没有男孩子了解得那么系统，她的兴致与哥哥不同。

突然，妈妈仿佛从地下钻出来似的，突然来到他们身旁。她命令把孩子们领到小吃部去。她迈着骄傲的步子穿过人群，直接走向被叫做“站长”的男人，这是第一次大声地、带有威胁性地叫出来的名字。这在之后的许多不同的地方，在各种拥挤的人群中，用不同的声音提到过这个称呼。

他们感到越来越烦闷。他们挨着一个窗口坐着，那个地方布满了灰尘，那么古板和巨大，好像是一个用玻璃罐子盖成的机关单位，是那种不允许戴帽子的地方。女孩看到，窗外没有街道，依然还是一个房间，比起这里玻璃罐子般的感觉要显得更加严肃和阴郁。一些火车头缓慢地驶入那个房间，停下来，房间显得更暗了。等这些火车头开走，空间被腾出来后，才发现原来这并不是房间，因为可以看到天空，在柱子后面的那个方向，可以看到小山丘和一些木房子，那里有人在走动，消失在远处。说不定那里有公鸡正在打鸣，还有不久前运水工人留下的水洼……

这里是省城的火车站，没有首都火车站拥挤的人群和明亮的灯火，即将在夜里离开这座城市的旅客早早就聚集在这里，他们已经等了很久。这里静悄悄的，旅客们安静地睡在地板上，睡在一群猎狗和一堆大箱子之间，其中还有一些裹着蒲席的机器和裸露着的脚踏车。

孩子们在上铺躺下休息，小男孩很快就睡着了。火车还没有开。天放亮了，小姑娘渐渐看清车厢是蓝色的，既干净又清爽。她还逐渐弄清了——但是她已经睡着了。

这是一个很胖的人，他一边读着报纸一边轻轻晃动着。一看到他，她就明显地感到一切都在晃动，那晃动像阳光一样浸染、充满了整个车厢。热尼娅从上面懒洋洋又仔细地打量着这个人，能这样想着什么和看着什么的人，是那种已经睡够、头脑清醒，但还是躺在那里的人，只是为了等待起床的决定无需帮助就会自动出现，就像自己的其他想法一样，来得清晰而从容。她仔细观察这个人，一边想道，他是从哪里来到这个车厢的，又是什么时候穿好衣服洗完脸的呢？她不知道现在的准确时间，她刚刚睡醒，因而就应该是早晨。她仔细看着这个人，但这个人却看不到她，上铺是倾斜地靠在墙上面的。他没有看到小女孩，因为他只是偶尔把目光从报纸移开，向上方、向旁边斜着望望，当他望向上铺的时候，从未和小女孩儿的目光接触过，看到的不是褥子，就是……但小女孩还是赶紧把腿收起来，并拉上已松弛的长袜。“妈妈应该在下边的角落里，她已经打扮好了，正在看书”——小姑娘一边研究胖子的目光，一边条件反射似的判断着。“谢廖沙没在下铺，那么，他在哪里呢?”她美美地打了个哈欠，伸了个懒腰。“真是太热了”，她此刻才感觉到。“地面在哪里啊?”她的目光透过乘客们的头顶望向落下一半的窗户，在心中感叹道。

语言难以描述出她所看到的景色。列车像蛇一般钻入喧闹的榛树林中，树林变成了一片海洋，一个世界，只要你愿意，它可以变成一切。它色彩明亮，带着低沉的沙沙声向下蔓延，宽广而平缓，继而渐渐变小，变得稠密而阴暗，突然犹如坠落下去一般，变得一片漆黑。而在悬崖那边高耸着的东西，沉思着呆立在那里，像是竖着一身鬈毛、挂满小圆环的黄绿色雷雨云。热尼娅屏住呼吸，感觉这个巨大、陷入沉思的气团在快速运动着。她立刻明白过来，这雷雨云就是某种边界、某个地方，它有个著名的山的名字，这个鼎鼎大名裹挟着周围的石块和沙土滚入下面的山谷。榛树林只晓得呢喃、呢喃着它的名字，这里，那里，瞧那边，回荡的只有这个名字。

“这是乌拉尔山吗?”她探出身子，向整个车厢里的人问道。

余下的旅程她一直守在过道的车窗旁，她贴在那里，频频探出头张望。她发现，向后看要比向前望更加怡人。那些熟悉的壮丽景象已经变得雾蒙蒙的，不断向远方隐退。同这美景短暂的分别过后，伴着一连串的轰鸣声，还有掠过脑后的寒气，眼前又出现了新的奇观，你会禁不住去找寻它们。一幅山峦的图景拓展开来，所有的景物开始增多，变得开阔。一些昏暗下来，另一些又变得鲜明，一会儿那里暗下来，一会儿这边又暗了。它们不断聚集又不断散开，不断坠下又不断浮起。这一切缓慢地循环着，犹如旋转的星辰，有着巨人们的小心谨慎，在灾难的边缘，渴望将大地保留下来。这些复杂的运动被一种巨大均匀的轰鸣声所支配，人类听觉无法听到，但又全然能够领会的回声。它像鹰眼一般扫视着它们，无声无息，不露形迹，将一切置于它的目光之下。乌拉尔山就是被这样不断重建着。

由于强光，她眯缝着眼睛去包间里待了一会。妈妈一边笑着，一边在同那位陌生的先生交谈。谢廖沙裹着红色的长毛绒毯，抓着墙上的皮带，坐立不安。妈妈把最后一颗果核吐在手里，又撣了撣掉在衣服上的东西，灵活迅速地弯下身，把所有的垃圾扔到长铺板的下面。让她意想不到的是，那位胖子的嗓音嘶哑发颤，像是患有气喘病的样子。妈妈把热尼娅介绍给他，并递给热尼娅一个橘子。他样子很滑稽，但也许是很善良的人，他说话时会把胖乎乎的手举到嘴边。他的话很多，但会突然憋住，而且经常停顿。原来他是叶卡捷琳堡人，他已经走遍了乌拉尔，对这里很了解。当他从背心的口袋中掏出金表拿到鼻子前，尔后又塞回去的时候，热尼娅注意到他的手指是如此温柔。像所有胖子一样，他拿东西的动作表明他是个施予者，他的手总是在叹息，仿佛伸出去让人亲吻一样，他的手软软地跳动着，像在地板上拍着皮球。

“现在快到了。”他斜着眼睛，挺了挺身子，从小男孩的身旁歪向另一边，尽管他是在和小男孩说话，然后撅起了嘴唇。

“知道吗，他们说，在亚洲和欧洲的分界线上有个石碑，上面写着‘亚洲’。”谢廖沙一口气地说道，从长铺上爬下来，跑到过道里去了。

热尼娅什么也不明白，当胖子给她讲解到底怎么回事的时候，她也跑到那一边等着看界碑，生怕自己已经错过了。在她沉醉了的头脑中呈现出的“亚洲的边界”，是某种幻影一般的界限，像是那些用来隔开观众与美洲狮牢笼的铁栏，如黑夜般令人生畏。她期盼着看到这个界标，如同期待一场地理悲剧第一幕的幕布升起，关于它的故事她已经从到访者那里听说了很多，令她振奋的是她来到了这里，并且很快将要亲眼目睹到。

而此时，先前迫使她回到车厢中的长辈们那里去的情况还在单调地持续着：半小时前途经的灰色赤杨林还是望不到尽头，大自然对等待着它的一切显然还没有做好准备。热尼娅埋怨着这乏味的、满是灰尘的欧洲，还有那拖拖延延尚未到来的奇异景观。听到谢廖沙的一声狂呼后，她一下呆住了，像是墓碑一样的东西从窗外闪过，侧面朝着他们，而后又带着那个让人期待许久的神奇的称号，从追逐着他们的一片赤杨林飞向另一片赤杨林。此刻，在沿下坡疾驰的列车上，有许多脑袋不约而同地从不同等级的车厢窗口伸出来，灰尘沿斜坡弥漫，火车上热闹起来。进入亚洲后已经过了不下十几站了，可手帕依然在人们的头上飞扬。大家用眼神相互交流着，不管是脸刮得光光的，还是长满胡须的，所有的人都在飞驰，在一团团旋转的沙尘中，从不久前还属于欧洲、如今早已属于亚洲的赤杨林旁边飞驰而过。

四

生活全新地开始了。牛奶不是由送奶女工送到家、送进厨房里，而是由乌里雅莎每天早晨带来两桶，还有很特别的白面包，不是彼尔姆生产的那种。这里的人行道凹凸不平，泛着白色的光泽，类似于某种大理石，或者建筑石膏铺成的。石板在背阴处也依然耀眼，好像冰冷的太阳光，贪婪地吞噬着盛妆树木的阴影，并在树荫上消散，变得稀薄。这里你走在街上的感觉也截然不同，街道宽敞明亮，两边栽种了不少花草树木。

“像是在巴黎”——热尼娅重复着父亲的话。

他们到来的第一天，他就是这么说的。这里宜人而宽敞。父亲在去火车站前已吃了一点东西，因而没有和大家一起吃午餐。他的餐具干净而明亮，如同在叶卡捷琳堡时一样。他只是摊开了餐巾，然后侧坐在那里，讲着什么。他解开了西装背心，穿着胸衣的胸部健硕地突出着。他说这是一个非常美丽的欧洲城市。当需要收拾，或者需要添点什么时，他便摇摇铃，边摇铃边讲着话。白皙安静的女仆身穿上浆过的带褶的黑衣服，沿着陌生的路径，从陌生的房间走过来。他们对她说话时称呼“您”，她虽然是新来的，但是像熟人一样，对太太和孩子们微笑。给她说了一些对乌里雅莎的要求，乌里雅莎正待在那个不熟悉的地方，可能是非常暗的厨房里，那里可能有一扇窗户，从窗户向外望去，可以看见一些新的东西，比如钟楼、街道、鸟等等。而乌里雅莎，大概现在正在那儿仔细向这位小姐打听着，一边穿上差一点的衣服，以便随后张罗东西的摆放；她一边询问，一边熟悉地方，看看炉子在哪个角落，是否像在彼尔姆一样的位置，还是在其它什么地方。

男孩从父亲那里得知，走路上学并不远——“非常近”——他们乘车经过时应该能看见学校。父亲喝纳尔赞矿泉水，咽下去一口后，继续说:“难道我没指给你看？不过从这儿看不见它，从厨房有可能看到。(他在心里估量了一下。）但也只能看到屋顶。”他又喝了一口矿泉水，摇了摇铃铛。

厨房干净而明亮。过了一会儿，当小姑娘看到厨房时，它与她在餐厅时事先想像的样子丝毫不差——炉灶表面砌着瓷砖，泛着浅蓝色的光泽，有两个窗户，并且按着她猜测的那个次序排列着。乌里雅莎急忙用什么东西盖住了赤裸着的手臂，房间里充满了孩子们的声音，有人在中学的房顶上走动，最高的脚手架露了出来。

“是的，它正在维修。”父亲说道。此时孩子们沿着已经熟悉但尚未探索过的走廊，吵闹着、互相推挤着走向饭厅，明天她还得去那条走廊看看，摆好本子，把盥洗用的手套挂到小挂钩上，总之，这一堆事都要干完。

“这黄油可真好。”妈妈边坐下来边说。

他们走进学习室，当他们刚到的时候，还未摘下帽子就已看过那个房间了。“这儿为什么就是亚洲呢？”她大声说出心中的想法。

而谢廖沙此时却想不通那个平时肯定能想明白的事：到现

在为止他们兄妹都是住在一起，也能够想到一起的。他大摇大摆地走向挂着的地图前，沿着乌拉尔山脉用手从上到下比划了一下，看了一眼妹妹，觉得她已被自己的论据折服了：

“人们约好划定一条天然的边界，就是这样。”

而她回想起今天的中午，已经变得那么遥远了。她无法相信，装得下所有这一切的日子——就是现在，在叶卡捷琳堡的这一天，还没有结束。想到所有这一切都保持着僵死的次序退回到预定的远方，她就体验到了一种心灵上异常疲惫的感觉，就好像劳动了一天过后，身体在傍晚所感到的疲劳一样。好像她参与了移动与置换那些沉重美景的工作，累得筋疲力尽。不知为什么，她确信，它——她的乌拉尔，就在那里。她转过身来，穿过饭厅向厨房奔去，厨房里的器皿少了一些，但带冰的奶油还放在蒙着水汽的槭树叶子上，还有冒着气泡的矿泉水。

学校正在修缮，尖锐的雨燕翅膀划破空气，好像女裁缝用牙撕开白棉布，在下面——她探出头去——在敞开的棚子旁边停着一辆锃亮的轻便马车，磨砂轮火花四溅。一股吃过的食物的味道飘过来，比它们刚端上来时的味道要好，要吸引人，这股味道使人愁闷，时间持续得很久，就像书里写的一样。她忘记为什么跑进厨房来，也未发现在叶卡捷琳堡没有她的乌拉尔，但是她发现，叶卡捷琳堡的天色挨家挨户地逐步黑下来，发现在下面，在他们的下面，悠闲地干着活的人在唱歌：大概他刷完了地板，并用热乎乎的手铺上粗席子，接着把洗涮碗具的木盆里的水泼掉，虽然是在下面泼的水，可周围却是这么安静。她听到了水龙头咕咕作响的声音，还有“哎，小姐，您瞧”，但她避开新来的女佣，不想听她说话，——她在想着自己的心事。他们下面的人都知道了，大概在说：“瞧，二号房的主人今天回来了。”

乌里雅莎走进厨房。

这是他们到来的第一个夜晚，孩子们睡得很沉，现在又醒了：谢廖沙在叶卡捷琳堡，热尼娅在亚洲，她又这样漫无边际地想些奇怪的念头。天花板上一层层的白色石膏闪着亮光。

这件事开始的时候还是夏天。大家向她宣称，她要上中学了。这事绝非令人不快。但这件事是别人告诉她的。她没有邀请家庭教师到她的学习室来，在她的学习室里，阳光的色彩是那样紧密地附着在胶性涂料粉刷过的墙壁上，到了傍晚，贴得紧紧的日光被成功撕下来时都要带着血。当家庭教师在妈妈的陪同下到她这里认识“自己未来的学生”时，她没有叫他一声。不是她给他取了那么荒诞的姓——季基赫[1]。难道她希望从今以后像士兵们一样一直在中午学习，他们严肃、喘着气、满头大汗，好像自来水管故障时抽搐的红色水龙头？希望浅紫色的雷雨云挤压他们的靴子，雷雨云对大炮和车轮子的了解超过对他们的白衬衣、白帐篷和更白的军官的了解？难道她要求从今以后一直要有两件东西：小盆和擦布，它们组成一个组合，好像弧光灯里的炭棒，产生瞬间挥发的第三种东西：死亡的想法，好像理发师的那块招牌？这些事是在哪里第一次发生

① 俄文里有“野人，原始人”之意。

在她身上的呢？“禁止停留”的红色路障标成了城市里禁止停留的一些秘密的地方。而中国人对于热尼娅个人来说成了某种危险的、很可怕的人，这些都得到过她的同意了吗？当然，不是所有东西都那么沉重地压在心上。很多事，比如她最近要入学，还是很令人愉快的。但所有这些，就像入学这事一样，都是别人告诉她的。当生活不再是富有诗意的任性无常，而是表现为严酷而凶险的寓言，因此变成了散文，成了事实。日常生活的琐碎要素好像处于永远的清醒状态，固执、痛苦且阴郁地走进她被禁锢的心灵。它们沉入心灵深处，实在、僵硬而冰冷，好像令人厌倦的锡制小勺。在那里，在心底，这锡漂浮开始熔化，凝成小块，熔合成固定的思想。

五

几位比利时人常到他们家里喝茶。大家都这么称呼他们。“今天比利时人要过来。”父亲也这么说。他们一共四个人。那个没有胡须的年轻人很少来，而且也不爱说话。他会偶尔在非假日的时候，挑选一个下雨的糟糕时辰，一个人来。其他三个总是形影不离。他们的脸孔像一块块新肥皂，刚从包装纸里拿出来、没有用过、芳香又冷冰冰的。其中一个人留着稠密而蓬松的大胡子，顶着蓬松的栗色头发。他们总是好像在开完会后和父亲聚在一起。家里人都喜欢他们。他们说话就好像往台布上泼水：热闹，新鲜，有时会转向谁也没有意料到的话题上去，他们的笑话和趣闻总是能被孩子们所理解，能够使孩子们得到满足，而且很纯净，它们留下的印迹好久才会干透。

周围响起了一片嘈杂声，糖罐闪着光泽，还有镀镍的咖啡壶、干净结实的牙齿、厚实的桌布。他们客气而谦恭地同妈妈开着玩笑。父亲的这些同事，拥有一种很高明的技巧来克制住父亲，父亲为了回应他们快速的暗语以及提到只有桌上这些专业人士才懂的人和事，就开始用很不纯正的法语结结巴巴地谈些合同的事，谈有关 references approuvees[①]，以及 ferocites[②]，也就是 bestialites, ce que veut dire en russe[③]——布拉戈达吉的贪污事件。

没长胡子的那位，最近一段时间正在起劲学习俄语，他常希望自己能在这个新的场合小试身手，可迄今为止很少奏效。嘲笑父亲的法语是很让人尴尬的，所以他的 ferocites 着实让大家感到不太舒服；但正是当时的状况，使得大家回应涅加拉特企图说俄语的哈哈大笑都变得完全正当了。

大家叫他涅加拉特。他是来自比利时弗拉芒地区的瓦隆人。有人把季基赫介绍给他。他用俄文记下季基赫的地址，他把 ю，я，ъ 之类复杂的字母写得很可笑。这些字母在他的笔下形状各异，分了家，劈了叉。孩子们竟敢跪在沙发椅的皮垫上，并且把胳膊肘放到桌子上——一切都是允许的，一切都掺合在一起，ю 不像 ю，而好像个 10，周围一片大声吵嚷和大笑的声音，埃文斯一边用一只拳头敲打着桌子，一边用一只手擦

① 法文，“批准引用”。
② 法文，“残暴的行为”。
③ 法文，“用俄文讲也就是兽行”。

去眼泪，父亲在房间踱着步，涨红着脸，颤抖着喃喃道：“不行，我真的受不了了”，一边把手帕揉成一团。“Faites de nouveau”①，埃文斯火上浇油地说，“Commencez”②。接着，涅加拉特微微张开了嘴，缓慢地，好像口吃的人，仔细琢磨着如何才能憋出俄语中的那个如同刚果国中的殖民地一样难以捉摸的字母 ы 的发音。

“Dites③：‘哎，不合算’。”父亲压低嗓音，用潮湿和嘶哑的声音建议说。

“Ouvoui，nievoui”④

“你们听见了吗？ouvoui nievoui-ouvoui，nievoui-oui⑤，oui，——这真是闻所未闻，太可爱了。”几个比利时人大笑起来。

夏天过去了。考试已顺利通过，而且其他方面也很优秀。走廊里传来一阵热闹的声音，如清泉一般凉爽而清澈，大家在这里都已经互相熟悉了。院子里的树叶黄了，泛着金色。它明亮的反光折磨着教室的玻璃。玻璃的一半是磨砂的，下部朦胧模糊，起伏不平。气窗冻得发青，打着冷战。青铜色的槭树枝在冰冷明亮的玻璃窗上犁出纵横交叉的纹路。

她不知道，她所有的不安将变成这种开心的笑话。把这个

---

① 法文，“再说一遍”。

② 法文，“开始”。

③ 法文，“请说”。

④ Ouvoui 的法语读音和父亲上句话中的“唉”的俄语读音相仿，nievoui 的法语读音和上句中的“不合算”的俄语读音相仿。比利时人觉得有趣，联系到了法语。

⑤ 法文，“是的”。

俄尺和俄寸的数字除以七！有必要学会多利、佐洛特尼克[①]、洛特[②]、俄磅和普特[③]吗？另外还有格令[④]、打兰[⑤]、斯克鲁普尔[⑥]和盎司，她总感觉它们像四个年龄段的蝎子，为什么在单词 полезный[⑦] 中都用字母“е”，而不写“ѣ”？她感到难以回答，因为她的全部想像力都集中到给自己找那些不利的依据，按照这些依据，世界上才会出现这个古怪的长得毛蓬蓬的单词“полѣзный”。她依然想不明白，为什么那时候没有把她送到中学，尽管她已经被录用，并且已经给她裁剪好了咖啡色的校服、试穿后又用别针做了记号，小气地、令人厌烦地折腾了几个小时；而且在她的房间里已经准备了一堆东西，比如书包、铅笔盒、装早饭用的篮子以及那块极难看的软橡皮。

---

① 佐洛特尼克，旧俄重量单位，等于4. 26克。
② 洛特，旧俄重量单位，等于12. 8克。
③ 普特，苏联重量单位，等于16. 38公斤。
④ 格令，前苏联医药计量单位，等于0. 062克。
⑤ 打兰，前苏联医药计量单位，等于3. 73克。
⑥ 斯克鲁普尔，旧俄重量单位，等于1. 244克。
⑦ 俄文，“有用”。

第二章　陌生人

一

小姑娘从头到膝盖都围在一条厚厚的毛线围巾中，像只小母鸡似的在院子里不慌不忙地转来转去。热尼娅很想走近那位鞑靼女孩儿跟前去和她说说话，这时，小窗砰地一下打开了，窗扇儿直往回弹，“科利卡！”阿克西尼娅叫了一声。一个小男孩儿好像匆忙中被插上一双毡靴的农民家的布包，迈着碎步迅速走进守院人的房间。

把功课带到院子里做，总是意味着把对规则的某条注解磨没了棱角，直到其丧失意义，然后上楼，在房间里重新开始做。一跨进门坎，你立刻便被一种特别的昏暗和凉意穿透，被一种始终让人感到意外的熟悉之感所穿透，就是这种熟悉感将这些家具安置在指定的位置上，一劳永逸地留在那里。未来难以预见，但是从室外走进房内，就可以意识到它的存在。迎面就是未来的规划，那些在其它方面都难以驾驭的布局，是一定要遵从它的。屋内不存在外边因空气流动而激起的梦，连那个突然从门厅外降临到房间里的精力充沛、起着决定作用的家神也无法驱散它。

这次是莱蒙托夫的作品。热尼娅把封面向里折去，揉压着书。在屋内，如果谢廖沙这么做，她会奋而反对这种“陋习”，但在院子里就是另外一码事了。

普拉霍夫把搅冰淇淋的小桶放在地上，然后返回屋子。当他推开斯比岑家穿堂的门时，将军的一群短毛小狗争着狂吠起来。门砰的一声关上了。

与此同时，捷列克河一如既往地奔腾着，像背上鬃毛飘逸的母狮一样怒吼。热尼娅开始怀疑自己，记不清那个词儿是“背上”还是“脊梁”上①。她懒得去书里查了。金色的云刚刚把它从遥远的南国带到北方，就在将军的厨房门口见到了他手中的小桶和擦洗用的纤维擦。

勤务兵放下水桶，俯下身，拆开搅冰淇淋用的小桶，开始刷洗起来。八月的阳光穿透树叶，留在他骶骨的位置赖着不走。它红红的，钻入士兵暗淡的制服呢料，好像松节油一般贪婪地浸透了它。

院子很宽阔，有好几处复杂的角落，令人费解又感觉沉闷。院落中央铺着鹅卵石，好久没有重修过，鹅卵石四周长满了均匀的郁郁葱葱的小草，午饭后它们会散发出一股酸酸的药味，就像炎热的天气里医院附近飘着的那种气味。在守院人的小房和马车棚之间有一块儿空地，是院子和别人家的花园相连

① 这里指的是莱蒙托夫的《恶魔》中的一个著名的谬误。母狮子没有鬃毛。莱蒙托夫在《恶魔》中关于捷列克的描写如下：“捷列克河奔腾不分日夜/像一只鬃毛飘逸的狮子/怒吼声在天地之间响彻/兽游山中，百鸟翔蓝天/倾听滔滔河水引吭高歌/空中一片片金色的云朵/从遥远的南方长途跋涉/一直把这道河送到北国。”

接的地方。

热尼娅就是到这里来取劈材的。她用一块儿扁平的劈材从下面顶住梯子，以免它滑动，把它牢牢顶在晃动的劈材上，便在梯子中间的横档上坐下来，不舒服，但却像在院子里玩耍一样有趣。然后她站起来向上爬，把书放到最顶端已被拆过的一排木柴上，准备看《恶魔》。然后，她发现还是先前坐的地方舒服一些，便又爬下来，把书忘在了劈材上，再也没想起它，因为她一心想着她看到的花园那边，她以前从没有想到那里会有这样的景色，她张大了嘴，看呆了。

这家的花园里没有灌木丛，古树把自己下层的树枝伸向高处的叶子，仿佛伸向黑夜，从下面将花园剥得光秃秃的，尽管花园一直处于轻盈而又庄重的阴影中，而且从来也没有摆脱过这种阴影。大树的枝杈在雷雨天呈淡紫色，覆满了灰白色的苔藓。从这里可以清楚地看见那条荒无人烟、车马罕至的乡间小路。小路和这家花园的另一侧相接。那里曾有一棵黄色的合金欢，如今已经枯萎，折断了，脱光了叶子。

被昏暗的花园从这个世界带到另一个世界，这条被遗忘的小路闪着光亮，如同梦中的景象；明亮、细致、安静，如同太阳戴上了眼镜，在毛茛草丛中搜寻着什么。

是什么让热尼娅如此着迷呢？她的发现比那些帮助她完成这发现的人更使她感兴趣。

那边有一个小店铺吧？在篱笆门外，在街上。在这样的街上！“真幸福”，她羡慕起那些陌生的女人来。她们一共是三个人。

她们穿着黑衣服，如同歌曲中的“修女”。三个平平的后脑勺，头发向后梳着，戴着圆圆的大檐帽，帽子已经低得不能再低了。好像靠边的一位有一半身子被灌木丛遮掩着，枕着胳膊在睡觉，另外两个女人靠着她也在睡觉。深灰色的帽子像昆虫似的在阳光下忽隐忽现。它们蒙着黑纱。这时，这几个陌生女人将头扭向了另一侧，似乎街道的另一端有什么吸引着她们。她们向那条街的尽头注视了片刻，在夏日，当瞬息的时间被太阳光溶解和拖长，人们不得不眯缝着眼睛，用手掌护住眼睛时，就会像她们那样看东西。望了一会儿，她们又一起陷入先前那种昏昏欲睡的状态了。

热尼娅正想回家，但是发现书找不到了，她怎么也想不起书落在哪里了。她回去找书，当她走到劈材垛时，看见那几个陌生女人站了起来，准备离开。她们一个一个地走进篱笆门。在她们后面跟着一个个头不高、走路有些毛病的人，他腋下夹着一本大画册，或者是地图册。原来她们隔着彼此的肩膀是在看这个，她原以为她们在睡觉。女邻居们穿过花园，消失在仓房后面。太阳在下落。热尼娅拿书时碰到了劈柴垛，一俄丈高的木柴垛被惊醒了，活了一样开始动起来。几块劈材滚下来，落到草地上，发出轻轻的碰撞声，好像更夫敲梆子的声音。夜幕降临，无数声音冒了出来，轻微又含混不清。空中开始响起从河对岸传来的古老的哨声。

院子空荡荡的。普拉霍尔把活儿都干完了。他走出院门。士兵忧郁的巴拉莱卡琴声低低地回荡在草地上。一小群无声无息的蚊子也在她头上方盘旋着，上下飞舞，时而静止在空中，时而突然下落，在还没有触到地面以前，就又飞了起来。巴拉莱卡琴声却越来越细，越来越低，琴声下降得比蚊子还要接近土地，比蚊虫飞得更好更轻盈，在尚未粘到灰尘时又反身冲向高处，颤动着，然后又不慌不忙地降落下来。

热尼娅回到了屋中。“是个瘸子，”她想到那个拿着画册的陌生人，“他是瘸子，但不是穷人，没有拄拐杖。”她从后门回屋。院子里散发着洋甘菊甜美的气味。“什么时候妈妈弄了个大药箱，里面装着那么多带黄色塞子的蓝色玻璃瓶。”她慢慢地爬着楼梯。铁栏杆冰凉冰凉的，梯阶随着脚步的移动发出咯吱咯吱声。忽然，她不知想到了什么奇怪的事情，她一下就跨过两层梯阶，停留在第三个梯阶上。她想道，从不久前起，妈妈和看院人的妻子之间出现了一些不易察觉的相似之处，其中存在着某种不可捉摸的东西。她停下了脚步，沉思着：“在哪个方面呢，是不是人们通常所说的，‘我们都是人，或者说……我们都是被同一个世界玷污的……或者说，命运不问出身。”她用脚尖踢开一个被胡乱丢弃的小瓶，小瓶向下飞去，落到一个满是灰尘的麻袋上，没有摔碎。——在什么方面呢？总之，对于所有人来说都是非常非常共同的方面。但是，为什么在她和阿克西尼娅之间就找不到相似之处呢？或是在阿克西尼娅和乌里雅莎之间呢？让热尼娅觉得更奇怪的是，很难找到更不相似的地方，阿克西尼娅身上有种土里土气的东西，让人想起菜园里鼓溜溜的土豆或者长得过了头的南瓜。而妈妈则是……想到这种比较，热尼娅微笑起来。

其实，正是阿克西尼娅为这种强加的比较定了个基调。在这种比较中她占了上风。看院人的婆娘什么都没有得到，女主人也输了。忽然之间，热尼娅隐约看到了一种粗野的东西。她觉得妈妈似乎变得有些粗俗了。她想像妈妈用“舒卡”代替了“休卡”[①]，用“拉鲍达姆”替了“拉鲍达耶姆”[②]。突然她隐约觉得，会有那么一天，她穿着自己没有腰带的新丝绸连衣裙，像只船似的，以更过分的样子说“靠门上站着！”

走廊里散发着药味。热尼娅去了父亲那里。

二

境况日新月异，家里变得阔绰起来。柳维尔斯家购置了一辆马车，开始养起了马。车夫叫达夫列特沙。

橡胶轮胎在那时还是个新鲜东西。他们驾车外出时，一切都会转身目送马车，不管是人、围墙、小教堂，还是大公鸡。

很长时间也没有给柳维尔斯太太打开门，当马车出于对她的敬意而缓慢地小步离开时，她在后面喊：“不要走太远，到栏路杆那儿就回来，下坡时要小心！”而淡白色的阳光继续延伸，从医生家的台阶上移到她的身上，照着大街，照到达夫列特沙那紧绷绷、长满雀斑的通红的脖子上，把它烤热，晒皱。

他们的车上了桥。桥的梁木的说话声，调皮、流利且条理清晰，这些特点是一劳永逸地形成的，它被山谷神圣地铭刻在心，在正午时分和梦中都一直为它所牢记。

---

① 俄文，“狗鱼”的比较粗鲁的发音。

② 俄文，“劳动”的比较粗鲁的发音。

马爬上山，开始踩在溜滑的、难以对付的硅质岩石上。它挺直身子，觉得自己登不上去。突然，爬行中的马就像处于同一境况的生来能飞能跳的蝗虫一样，在自己因那些非自然的努力而感侮辱时，意外地美丽起来。看，看！好像它眼看就要忍受不住了，就要愤怒地扑闪着翅膀飞走了。确实是这样。马猛冲了一下，扬起前蹄，快速一跃，沿着空地奔跑起来。达夫列特沙拉紧缰绳，开始往回勒马。一只毛发蓬乱的狗开始对着他们悲哀地、低声地和懒洋洋地叫着。灰尘像枪药一样。道路急转向左边。

黑乎乎的小街盲目地闯到铁路机车库的红色栅栏那里。它开始惊慌失措。太阳从灌木丛后斜射过来，笼罩着一群穿着女短衫的奇怪的身影。太阳明亮夺目的光沐浴着她们，这光芒就像石灰浆一样，仿佛从一个被皮靴踢翻的水桶里倾泻而出，在地上奔流。街上开始骚动起来。马的步伐缓慢。

“向右拐!”热尼娅命令道。

“前面没有路，”达夫列特沙回答道，鞭子指着街道红色的尽头，“这是死胡同。”

“那就停下吧，我要看看。”

“这是我们这儿的中国人。”

“看到了。”

达夫列特沙明白小姐不想和他多说话，便长长地“吁”了一声。马全身晃动一下，站住了，仿佛钉在了地上。达夫列特沙时断时续轻轻地吹起口哨，催促马干它该干的事。

中国人跑着穿过马路，手中拿着一块大大的黑麦面包。他们穿一身蓝，好像穿着裤子的农妇。头上没戴帽子，头顶打了个结，似乎用手帕缠着。有几个人停了下来，因此可以仔细端详这些人。他们脸色暗淡，呈土黄色，带着假笑，皮肤黝黑，脏脏的，就像被贫穷所氧化了的铜一样。

达夫列特沙掏出烟口袋，准备卷一支烟。这时，从角落里，即中国人要走向的那个地方，走出来几个妇女。大概她们是来取面包的。那些正在路上的人开始大声笑，并蹒跚着靠近这几位妇女，就像手在背后被绳子扭曲地绑住了一样。他们的穿着更突出了这种奇怪的蹒跚扭曲的姿势——他们全身从脖子到脚踝都穿着同一套衣服，就像杂技演员一样。妇女们似乎并没感到害怕，她们没有跑到一边去，而是笑着站住了。

“嗨，达夫列特沙，你这是干嘛呢？”

“马一劲儿向前窜！一劲儿向前窜！停不住，停不住！”达夫列特沙一次比一次猛力地用缰绳抽打牲口，一边紧拉住缰绳。

“轻点，你会把车弄翻的，你为什么抽它？”

“必须得抽。”

马车奔到田野上，机灵的鞑靼人才制服了已经开始发毛的马，迅速把小姐从不体面的场面里解脱出来，用右手抓住缰绳，将一直拿在手里的烟荷包塞到衣襟里。

他们是从另一条路回家的。柳维尔斯太太大概是从医生房间的小窗户看到了他们。她走到了台阶上，与此同时，大桥刚好对他们讲完了自己全部的故事，在运水大车的重压下又重新开始了讲述。

三

热尼娅和那个把上学路上折的花楸带到班级的小姑娘杰芬多娃是在一次考试中成为好朋友的。她是诵经士的女儿，是来补考法语的。柳维尔斯·叶夫根尼娅被安排坐到第一个空座上。她们二人坐在一起共同研究一个句子，于是就认识了。

“Est-ce Pierre qui a vole la pomme?

Oui. C，est Pierre qui vola etc. ”①

热尼娅被留在家里学习。这种情况并没有打断女孩们的交往。由于妈妈开恩，她们可以见面，见面只能是单方面的，允许丽莎到他们家里来，而热尼娅暂时还不能去杰芬多娃那里。

虽然见面断断续续的，但也没有妨碍热尼娅对朋友迅速产生依恋。她喜欢上了杰芬多娃，也就是在她们的相互关系中她成了受苦的一方，警觉而激动不安，她成为了她们之间的压力表。丽莎每提到热尼娅不认识的同学，都会使她感到痛苦和空虚。她的心就会沉下去：这是她最初的嫉妒发作。因为多疑，她毫无理由地认为丽莎在耍滑头，表面诚挚，心里却在嘲笑她身上一切柳维尔斯家族的特性，在背后，在班级上和在家里就拿这个来取乐。但是热尼娅认为这是理所当然的，正是她们的这种依赖关系的本质。这种感情是由偶然选择的对象所激起的，它迎合本能中对权威的需求，这种本能不懂自尊，当它初

① 法文，“彼佳偷了苹果吗？/是的，彼佳偷了……”。

次感觉到这种需求时，只会为了偶像而损伤自己。

无论热尼娅还是丽莎，对彼此都未产生决定性的影响，热尼娅还是热尼娅，丽莎还是丽莎，她们见面，她们分手。一个感情浓烈，而另一个——无所谓。

阿赫迈齐扬诺夫兄弟的父亲是做铁器贸易的。在努列特金和斯马吉勒出生的这一年中，他出人意料地富了起来，从那时起斯马吉勒就开始被称为萨莫伊洛，并决定对儿子们采取俄罗斯式的教育。父亲没有漏掉自由自在的贵族式生活的任何一个特点，通过十年的努力模仿，在每一方面都超过了要求。孩子们出色地遵从了父亲选择的模式，成了大家的榜样，他们身上具备父亲的强大意志力，引人注目，极有杀伤力，就像一对旋转的飞轮依惯性回转。阿赫迈齐扬诺夫兄弟俩是最典型的四年级学生。他们由折断的粉笔、逐字逐句的译文、猎枪的霰弹、课桌的噼啪声、下流的骂人话，以及严寒中冻得暴皮的红脸颊和翘鼻子的自信所组成。谢廖沙是在八月里和他们交上朋友的。到了九月末，小男孩已变得面目全非。这很合乎事物的顺序。要成为典型的中学生，然后再做其他什么，这就意味着要和阿赫迈齐扬诺夫兄弟合得来。而谢廖沙最大的愿望就是成为一个中学生。柳维尔斯没有阻挠儿子的愿望。他没有发现他身上的变化，如果发现了什么，那么也会认为这是成长转变期的影响。再说，他还有其它要烦心的事情。已经有一段时间，他怀疑自己得了什么病，并且是不治之症。

四

她不是为他感到遗憾，尽管周围所有人都说实际上这是多么不合时宜和令人惋惜。涅加拉特对于父母来说是太聪明了，父母对外人的感受模模糊糊地传染给了孩子们，就像传给家里的宠物一样。让热尼娅难过的只是现在的一切都和原来完全不同了，只会剩下三个比利时人，再也不会有从前那么多的欢笑了。

那天晚上，当他对妈妈说，他要去法国第戎，参加什么集训的时候，她就坐在桌边。

“做这种事您还太年轻！”妈妈说道，接着用各种方式表达着对他的不舍。

他则低头坐着，谈话不太顺利。

“明天有人来封窗户。”妈妈说道，并问他是否要封窗。他说不用，晚上不冷，在他的国家过冬也不封窗户。

爸爸很快走到他们跟前，对这个消息他也表示遗憾。但在表达惋惜之情以前，他抬了抬眉毛，惊讶地问道：

“去第戎？难道你不是比利时人吗？”

“是比利时人，但是法国国籍。”

于是涅加拉特开始妙趣横生地讲起自己上一辈的移民历史，仿佛他不是他们的儿子，而是照着书本在讲别人的故事。

“对不起，我打断您一下，”妈妈说道，“小热尼娅，你把小窗掩上。维卡，明天封窗户的人来。好，继续吧。但是，您这个叔叔是个十足的坏蛋。难道就这样，逐句宣誓吗？”

“是的”。

他又回到中断的故事上。当他讲到昨天从邮局收到使馆寄来的文件时，他想到，对这件事情小姑娘什么也不懂，但是正想尽力弄明白，于是他转向她，开始给她讲义务服兵役的道理，他不露声色地讲，目的是为了保护她的自尊。“是的，是的。我明白。是的。我明白。我当然明白。”小姑娘带着感激机械地反复说。

“为什么走那么远？在这里也能当兵，大家都在这里学习。”她一边正正坐姿，一边说道，清晰地想像出从修道院小山前展开的那片草地。

“是的，是的。我明白。是的，是的，是的。”小姑娘又开始反复地说了起来。柳维尔斯夫妇无所事事地坐着，发现比利时人在给孩子的脑袋塞进无关紧要的琐事，便无精打采地把自己要求简单点的意见插进来。突然有那么一刻，她开始可怜起所有涅加拉特这样的人，他们在以前或者不久前还生活在各个遥远的地方，后来告别了故乡，走上一条意想不到的、从天而降的通往这里的路，为了在这里，在他们完全陌生的叶卡捷琳堡当兵。这个人对小姑娘说得很清楚，以前没有一个人那样向她解释过。一幅冷漠的面纱，令知觉催眠的面纱，从满是白色帐篷的画面上揭去：连队黯然失色，变形成一群穿着军装的个体，就在赋予他们的意义令他们振作起来，变得高尚，变得亲切并失去鲜明个性的同时，她开始为他们感到难过了。

他们在道别。

“一部分书我放在茨维特科夫那儿。就是我多次跟你提过的那位朋友。madame[①]，以后使用它们吧。您的儿子知道我住在哪儿。他经常去房东家，我把房间让给了茨维特科夫，我会先和他打招呼的。”

“让他来串门吧，您说的是茨维特科夫吗？”

“茨维特科夫。”

“让他来吧，我们认识一下。在年轻的时候我结识过这样的人。”她往丈夫那边瞟了一眼，他正站在涅加拉特前面，将手放到厚实的夹克衫的衣襟里，漫不经心地等着合适的机会，来和比利时人商定明天的事情。

“请他来吧，但现在不行。我会叫他的。对了，拿着，这是你的书。我还没有读完。我都读哭了。医生建议我不要看书，免得激动。”

她又往丈夫那儿看了看，他正低下头，竭力摆着姿势，弄得衣领窸窣作响，开始越来越关心两只脚上是否穿了靴子，靴子是否擦干净了。

“好吧，就这样。别忘了拿手杖。我希望咱们还会见面！”

“噢，当然。要到周五。今天是星期几？”他露出害怕的样子，和那些在这种情况下离别的人一样。

“星期三。维卡，是星期三吧？……维卡，是星期三吧？”

“是星期三。Ecoutez，”父亲终于等到自己说话的时候了，“demain”[②]。两人已走到了楼梯口。

---

① 法文，“夫人”。

② 法文，“听我说，”……“是明天。”

五

他们边走边说话，她时常得小跑几步，和他并行，以免落后于谢廖沙。他们走得很快，为了走得快些，她摆着手臂，而手插在衣兜里，于是她身上的大衣也跟着摆动。天很冷，薄冰在她的橡胶套鞋下发出清脆的破裂声。他们是受妈妈的委托去给要出行的那人买礼物的，边走边聊着。

“就那样把他送到车站去了吗?”

“是。”

“为什么他坐在干草垛里?”

“你什么意思？要怎么坐呢?”

“坐在大车里。整个人坐上去，连脚也在上边。别人都不会那么坐的。”

“我已经说过了，因为他是个刑事犯。”

“是押他去做苦役吗?”

“不，是去彼尔姆。我们这儿没有监狱。看着点儿脚下。”

他们要去的地方路过一条街，经过一个铜匠铺。整个夏天，铜匠铺的门都是敞开着的，热尼娅已经看习惯了这个十字路口，铜匠铺张开的炽热大口使这里显出一派和睦又热闹的景象。整个七、八、九月里，那里停满了马车，交通常被堵塞。农夫们在这里转来转去，多数是鞑靼人；满地是乱扔的水桶，还有断裂了的锈迹斑斑的屋顶水槽。此处变成了一群游牧的吉卜赛人的居留地，鞑靼人也晒得像吉卜赛人一样，每当邻家的篱笆墙那边开始宰杀雏鸡，骇人的浓艳的红日便落入一片尘埃。在这里，这种景象要比其它地方常见得多。从车身上卸下来的马车前辕，连同横轴上被磨损的连接螺栓的圆环一起，淹没在尘土里。

那些水桶和铁片被弃在那里，没有人收拾，上边覆了一层寒霜。不过，大门却闭得严严的，仿佛现在是节日期间。时逢天寒，十字路口上空荡荡的，只有圆形通风口里飘出来一股股热尼娅所熟悉的矿井里湿瓦斯的气味，它发出刺耳的尖叫声冲击着鼻孔，好像便宜的嗞嗞冒气的梨汁汽水冲击着上腭。

“彼尔姆有监狱吗？”

“是，有主管部门。我觉得，应该这么走，这样近一些。彼尔姆有，因为它是省城，而叶卡捷琳堡只是一座县城。很小。”

一片独家住宅旁边有一条红砖铺成的小路，两旁栽着灌木。小路上残留着太阳无力、暗淡的光晕。谢廖沙边走边尽力弄出最大的响动。

“春天，伏牛花开的时候，如果用大头针胳肢它，它会迅速合拢所有的花瓣，像活的一样。”

“我知道。”

“那你怕胳肢么？”

“怕。”

“这说明你神经敏感。阿赫迈齐扬诺夫哥俩说，如果一个人怕胳肢……”

他们一路走着，热尼娅在跑，谢廖沙迈着不正常的步子。

热尼娅身上的大衣随着脚步摆荡。前面一个木柱横在路上，上面装着的一个十字形旋转门，拦住了他们的脚步。就在此刻，他们看见了季基赫。他们远远就看见了他，他从离他们还有半条街距离的商店走出来。季基赫不是独自一人，他后边还跟着一个矮个子，那人腿有点瘸，迈步时尽量掩饰着。热尼娅隐约觉得好像在哪里见过这人。他们错过了，没有彼此打招呼。季基赫没有看见两个孩子，他们两人向斜对面走去。他脚穿一双高帮套鞋，常举起张开手指的双手，看样子是在用十只手指表示反对，而和他一起走的这个人……（她在哪里见过他呢？是很久以前。但是在哪里呢？对了，是彼尔姆，在童年时代。）

“停一下！”谢廖沙遇到了麻烦。他单腿跪了下来。“稍等一等！”

“钩住了？”

“嗯，可不是吗。这些白痴，连钉子都钉不好！”

“是吗？”

“等等，我没找到地方。我认识那个瘸子。呀，在这儿呢，感谢上帝。”

“刮坏了吗？”

“没有，没刮坏。感谢上帝。鞋衬上有个窟窿，不过是旧的。这不怪我。嗨，走吧。等一下，让我把膝盖弄干净。好了，走吧。”

“我认识他。他是阿赫迈齐扬诺夫院里的人。叫涅加拉托夫。记得吗？我跟你说过，他总召集一批人通宵喝酒，整晚窗前都亮着灯。记得吗？记得我曾在他们那里过过夜吗？在萨莫伊洛夫过生日那天。他就在这些人里，现在你想起来了吗?”

她记得。她认识到自己记错了，在这种情况下，她不可能在彼尔姆见到这个瘸子，原来是她的幻觉。但她仍旧怀有这种感觉，她默不作声，脑海里一幕幕回想着彼尔姆的往事。她跟在哥哥后面，做了一些动作，抓住什么东西，迈过什么东西，四下观察，发现置身于一片昏暗之中，这里有柜台、薄薄的盒子、搁架，还有忙碌中的问候和服务——还有，谢廖沙在讲着什么。

书商出售各种品牌的烟草，没有他们需要的那本书。不过他安慰他们，保证说莫斯科那边已答应给他寄屠格涅夫的书，现在已在路上了。这不，刚刚在一分钟前，他还和他们的老师——茨维特科夫先生谈到这本书。他的机灵和误解把孩子们逗笑了，向店主人告别后，他们空手回家了。

从那里走出来之后，热尼娅问哥哥：

“谢廖沙！我都忘了。告诉我，你熟悉从咱们家劈材垛那儿能看到的那条街吗?”

“不熟悉，从来没去过。”

“不对，我亲眼见过你。”

“在劈材垛上？你……”

“不，不是在劈材垛上，是在那条街上，切列普-萨维奇花园后边的那条街。”

“啊，原来你说的是这个！没错。从那旁边走就能看到，在花园后边的深处，有一些棚子和劈材。慢着。就是说，那是我们家的院子?！那个园子？是我们家的？太妙了！我多少次在那边走时，总是想，去一次那里多好啊，爬上劈柴垛，再从劈材垛爬上阁楼，我看见那边有一个梯子。你肯定，那真是咱们家的院子吗？”

“谢廖沙，你能把那边的路指给我看吗？”

“又来了。可院子是我们自己家的。有什么好指给你看的？你自己……”

“谢廖沙，你又没明白我的意思。我说的是那条街，你说的是那个院子。我说的是街，你指给我去那条街的路。告诉我怎么走，告诉我，谢廖沙。”

“我又不明白了。我们今天就走过呀，马上又要从那儿路过。”

“真的吗？”

“是呀，我说的就是那个，铜匠铺？……在拐角。”

“就是说，那条尘土飞扬的……”

“嗯，对。这就是你说的那条街。切列普-萨维奇花园，在街的尽头，在右边。快点走，你会误了吃午饭。今天有螃蟹。”

他们谈起别的事情来。阿赫迈齐扬诺夫兄弟答应教他如何给茶炊镀锡。这让他们又谈起了焊料的事儿，他告诉她，那是一种类似于锡的矿石，没有光泽的矿石。用它可以焊铁盒，还可以焊盆罐，阿赫迈齐扬诺夫兄弟这些都会。

他们不得不跑着穿过马路，否则过路的车队就会把他们挡住。于是，她要去看看那条人迹罕至的街道的请求，谢廖沙要带她去看的承诺，就都被他们忘在脑后了。他们经过铜匠铺的门，吸了一口清洗铜把手及铜烛台时排出的热乎乎的油烟味儿。热尼娅马上想起来，自己是在哪里见过那个瘸子和三个陌生女人的，以及当时他们在做什么，继而马上明白了，书商提到的那个茨维特科夫，就是这个瘸子。

六

涅加拉特晚上动身。父亲去送他。他从火车站回来已是深夜，他一回来，在护院人那里又引起一阵好半天都没有平息下来的忙乱，有人提着灯出来，有人在喊着什么人。下起雨来，被放出来的鹅嘎嘎叫着。

清晨阴沉沉的，冻得人发抖。灰暗潮湿的街道富有弹性，像铺了橡胶似的。讨厌的雨溅起一地泥水，大车上下颠簸，穿着防水套鞋的人们在过马路时发出啪嗒啪嗒的响声。

热尼娅回家了。早上，院子里昨夜忙乱的余波还在，没有让她坐马车。她说要去小铺买大麻籽，随后便走路去找女朋友了。走到半路，她确信自己一个人无法找到从小铺去杰芬多娃家的路，便又折回来。后来想起时间尚早，丽莎应该在学校里。她已全身湿透，冻得发抖。起风了，但天还没有彻底放晴。冰凉的白光沿街道飘飞，像纸一样贴在潮湿的石板上。浑浊的乌云急于飞出城去，在广场的尽头，在三叉形路灯的后面拥挤在一起，慌张不安地翻滚着。

搬家的大概是个邋遢或者没有条理的人。简陋的书房家具不是一件件整齐地装上车，而是像在家里一样摆放在平板大车里。大车一晃，从白色沙发套下露出来的沙发椅轮子就在平板上滑来滑去，像在家里的镶木地板上滑动一样。沙发罩虽然被雨淋透了，可还是雪白雪白的。它们是那样引人注目，只要一看到它们，所有其他东西就都变成同一种颜色了：被坏天气啃蚀的鹅卵石、围墙下结冰的积水、马棚飞来的小鸟、在它们后面飞驰的树木、一块块碎铅片，甚至那棵栽在小木桶里随着晃动的大车向闪掠而过的一切笨拙敬礼的无花果。

货车样子很怪。它不由自主地引起了人们的注意。一个农夫走在车旁边，大板车斜得很厉害，一点点向前挪着，擦碰着路边的防栅柱。在一堆哑哑作响的破布上，漂浮着一个潮湿的铅一般的词汇："城市"，它在女孩儿的头脑里引起许多一闪即逝的联想，如同飞落在街上以及坠入雨水中的冰冷的十月阳光。

"搬完东西，他就会感冒的。"她想到那个陌生的搬家人。她想像着那个人的样子——走路蹒跚歪斜，迈着不协调的步子，把自己的家什安置在新房间的各个角落。她把他的举止、动作想像得活灵活现——尤其是他拿起抹布，一瘸一拐地围着木桶转，开始擦拭被雨水打湿的无花果叶子。然后他就会伤风，打冷战，发烧。他一定会得病的。热尼娅活灵活现地想像出了这一切，非常生动。大车轰轰响着下了坡，驰向伊赛季河的方向。而热尼娅需要向左边拐。

这大概是由某人在门外的沉重的脚步声引起的。床头柜上，杯子里的茶叶上下翻腾。茶水中的一片柠檬也在上升和下落。一道道光线在壁纸上晃动着，它们像柱子似的来回晃动，犹如挂着招牌的店铺中装着糖浆的小瓶子，土耳其人在它上面吸烟斗。土耳其人就在上面……吸……烟斗。在吸……烟斗。

这大概是由某人的脚步声引起的。女病人又睡着了。

涅加拉特离开后的第二天，热尼娅就病倒了；就在这一天，她散步回来后得知，阿克西尼娅夜里生下了一个小男孩；就在这一天，当她看到载着家具的货车，断定车主患有风湿病。她高烧了两个星期。为了发汗，她浑身撒满折磨人的红辣椒，辣椒灼烧着她，让她的眼皮和嘴角发粘。满身的汗让她心烦不已，一种丑陋的肿胀感和被叮咬的感觉交织在一起。仿佛让她肿胀的火焰是夏天的黄蜂注入她体内的。它们的毒刺就像细细的银发一般留在了她的体内，她不止一次地尝试用各种方法想要拔出来，时而是从发紫的颧骨上，时而是从衬衣下面发烫的肩膀上，时而又是在其它什么地方。

这时她已渐渐康复了，但虚弱的感觉还是在各方面表现出来。比如，孱弱无力的感觉甘愿冒着风险，屈服于自己的奇异的几何学。这使她略微感到有些头晕和恶心。

比如，从被子上随便哪一片开始，虚弱的感觉便会着手把一排排逐渐增长的空白铺在被子上，它们很快就变成一片巨大的虚空，如同暮色企图具有广场的形状，而广场则是这种空间错乱的基础。或者，这种空白从墙纸上的花纹中分离出来，在小姑娘面前一条驱赶着一条，像油一样平滑地相互取代。而且，所有这类感觉在有规律地逐渐增长，使她疲惫不堪。或者，它以无止境的下降的深度使小姑娘备受折磨，从一开始，从第一块儿地板块起，便暴露出自己的深不可测，让床静悄悄地向深处降落，而小姑娘则随床一同下落。她的头像一块糖一样被抛进平淡无味、空虚而浑沌的深渊中，融解和消失在里面。

这一切都是由她内耳迷路的敏感度提高而产生的。

这一切是由某人的脚步声引起的。柠檬片升起又下降，壁纸上的阳光上下移动。终于，她醒来了。妈妈走了进来，恭喜她康复了，这让女孩觉得妈妈仿佛能够阅读别人的思想一样。在她渐渐苏醒的过程中，她已经听到过许多类似的问候了。这些问候来自于她自己的手脚，她自己的肘和膝，是她伸展筋骨时从它们那里得到的问候。也许正是这些问候将她唤醒了，妈妈也是如此，这种巧合很奇怪。

家里的人进进出出，坐下又站起来。她提了些问题，他们便回答她。她生病期间有些事情发生了变化，也有一些没有什么改变，这些事情她没有触动，对另一些事情却没有置之不顾。看来，妈妈没什么变化，爸爸也一点都没有变。变化的是她自己、谢廖沙、房间灯的分布、其他房间的安静，还有许多其他东西。下雪了吗？没有，下了一点儿雪，化了，又冻了，你根本弄不清楚到底有没有下雪，外面光秃秃的，不见一点儿雪。她隐约听到有人在询问些什么，又有人抢着回答。

健康的人们来了又去。丽莎来了。他们在争论。随后有人想起来麻疹是不会复发的，便放她进来了。季基赫也来了。她勉强听得出，谁是怎么回答的。

当大家都出去吃饭，只剩下她和乌里雅莎在一起时，她想起当时所有人都在厨房里嘲笑她提的蠢问题，现在她尽量避免提类似的问题了，开始用成人的腔调聪明地提出合乎实际的问题。她问，阿克西尼娅是否又怀孕了。女佣收拾杯子时，用小勺铛铛地碰了下杯子，转过脸去。“亲爱的，让人家歇一会儿吧。小热尼娅，她不能总是怀孕啊……”随后她跑了出去，忘记了关门，整个厨房响成一片，好像是放餐具的搁板塌了。哈哈的笑声继而转为一片哭诉声，这声音又传到日雇女工和加利姆的手中，在他们的手下爆发出来，叮咣作响，好像从争执演变成了打架一般，随后有人走过来，把忘记关上的门关严。

这事就不该问。问这事就更蠢了。

七

这是怎么回事，雪又融化了？就是说，今天他们还得坐马车出门，还是没法乘雪橇吗？热尼娅一连几个小时站在窗前，鼻子和手都冻得冰凉。季基赫不久前刚刚离开，最近他对热尼娅不满意。天色刚蒙蒙亮，院子里的公鸡在打鸣，此时小姑娘觉得应该在这里学习。钟声当当响起来的时候，公鸡又开始打起鸣来。云朵褪了色，显得有些灰暗，就像是掉了毛的毯子。白昼把鼻嘴贴撞在玻璃窗上，仿佛热气腾腾的牛栏里的小牛犊。这哪里不像是春天呢？可是午饭后，灰蓝色的严寒仿佛一个箍环将空气紧紧勒住，天空变得空洞，正在褪色，可以听见云朵呼哧呼哧的喘气声。飞逝的时光从树上扯掉最后一片落叶，驰向北方冬日的黄昏之中，剪掉草坪上的草，钻过缝隙，刺透人的胸口。屋子后面，北方暴风雪的炮口黑洞洞的，对准他们的院子，装满了十一月的寒气，但此刻还仅仅是十月份。

还仅仅是十月份，这样的冬天从未遇见过。据说，冬季的收成毁了，人们害怕有饥荒。仿佛有人挥舞着魔棒，圈住了烟囱、屋顶和椋鸟笼。那里将冒烟，那里将下雪，而这里则会结霜。但现在什么也没有出现。荒凉憔悴的黄昏在思念它们。黄昏张大眼睛，早早亮起的路灯和各家的灯火把大地弄得酸痛，如同长时间忧郁地注视什么时头会感觉酸痛一样。一切都鼓足了力气并满怀期待，各家厨房都已存好了柴禾，经过两周的时间，乌云中已经蓄满了雪，空气中孕育着昏暗。那个用魔圈圈住视线所及的一切东西的巫师，他什么时候能念出咒语，把灵魂已到达门口的冬天召唤出来呢？

只是，他们怎么把它忽略了呢！确实，学习室里的日历没人注意，日历一页一页都被撕掉了。但是，才到八月二十九日！很妙的日子！——谢廖沙会这么说。上面是红色数字，圣约翰·普列特捷奇蒙难日。很容易从钉子上把日历摘下来。她无所事事地一页一页撕起来。她无聊地做着这个动作，很快就弄不明白自己在做什么了，但还是时不时地对自己重复说："三十号，明天——三十一号。"

"她已经是第三天没出门了……！"这句从走廊里传过来的话把她从沉思中拽了回来。她觉出自己做得太过分了。她错过了受胎告知。妈妈碰了一下她的手臂，"请告诉我，热尼娅……"下面的话就没了，好像没有说出来。女儿像刚从梦里醒过来似的，打断了母亲的话，请求柳维尔斯夫人说一遍，"圣约翰·普列特捷奇蒙难日"。妈妈重复了一遍，感到莫名其妙。

但她没说“普列特捷伊奇”，阿克西尼娅倒是那样说的。

接下来，热尼娅对自己的行为感到吃惊。这是怎么回事？是什么促使她这样做的？怎么会冒出这样的话呢？这是她，是热尼娅问的吗？或许，她认为可以让妈妈怎么样？太难以置信了！是谁编造的？

而妈妈还是站在那里。她不相信自己的耳朵。她睁大了眼睛望着女儿。女儿这个反常的举动让妈妈有些无所适从。这问题带有嘲笑的意味，但在女儿的眼中却含着泪水。

她模模糊糊的预感成了现实。在出去散步的时候，她清楚地感到空气在变得柔和，乌云在变软，马蹄声也变得舒缓了。灯火还没有点亮，天上飘下干巴巴的灰色的毛絮状雪花。他们刚刚过桥，雪花便已不再是零零散散的了，漫天都是连成片的鹅毛大雪。达夫列特沙从座上爬下来，支起了皮车篷。这让热尼娅和谢廖沙感到有些昏暗和狭窄，她想要像周围这种恶劣天气一样发发疯。他们之所以发现达夫列特沙正在把他们拉回家，是因为听到了家里的马“维卡尔梅什”[①] 踩在桥面上的声音。街道已经难以辨认，有的街已经看不见了。夜晚突然降临，城市呆住了，无数发白的厚嘴唇翕动着。谢廖沙把身子探出车外，用膝盖抵着车身，吩咐达夫列特沙驶向手工作坊区。谢廖沙的话回想在空气中，热尼娅从中觉察到了冬日的一切奥秘和美妙，高兴得说不出话来。达夫列特沙高声说，应该回家

① 柳维尔斯家中马的名字，俄语意为“牲畜、坏人堆里长大的歹徒。”

去了，不能再折腾马了。老爷太太准备去剧院，只得乘雪橇了。热尼娅想起父母将要出门，家里就只剩下他们自己了，她决定就这样在灯光下舒舒服服坐到深夜，读那本不是写给孩子看的《猫咪童话》。她得去妈妈的卧室里取书。还有巧克力。一边看书，一边吮着巧克力，倾听风吹过街道的声音。

风雪大了起来。天空在颤抖，白色的王国和地区从天而降，多得难以数清，它们神秘而可怕。显然，这些不知从何而来的王国从来没有听说过生命和大地，它们在午夜时分出现，将它们看不见也不了解的大地覆盖。

这些王国如此神奇，却又可怕极了，凶狠而迷人。热尼娅陶醉地注视着它们。空气还在颤动，抓住任何落下的东西，仿佛鞭子抽打下的田野在很远的地方痛苦地嚎叫。一切都混杂在一起。黑夜涌向田野，白发抖动着缠作一团，抽打着，使它们眼冒金星。伴随着刺耳的呼啸，一切都慌不择路地分散开来。呼喊和应答声总是不等相遇，便被旋风卷挟着，消失在各种各样的屋顶上。暴风雪仍在继续。

他们在大厅里好一阵跺脚，将臃肿的白色皮衣上的雪抖掉。有多少水从套鞋上流到印有方格图案的油地毡上啊！许多蛋壳乱扔在桌子上，从调味瓶架中取出来的胡椒瓶也没有放回原处，胡椒粉撒在了桌布上、流出的蛋黄上和还没有吃光的“中间”牌罐头盒上。父母已经吃完了晚饭，但还坐在饭厅里，催促这些不紧不慢的孩子们。大人们没有责备孩子，因为要前往剧院，开饭时间提前了。

母亲举棋不定，不知道自己是去还是不去，坐在那儿犯愁。热尼娅看着她，想道，说真的，妈妈根本说不上幸福——她终于解开了这个讨厌的领钩——而是相当忧郁。她走到饭厅，问核桃仁蛋糕放在哪里了。父亲看了母亲一眼说，没有人强迫他们，他们最好还是待在家里。

“不，何必这样呢，还是去吧，”母亲说，“应该出去走走了，医生不是允许了嘛。”

“该做决定了。”

“蛋糕在哪呢?”热尼娅又问了一句，听到了一个回答——蛋糕是跑不掉的，但吃蛋糕前应该先吃点别的，吃饭不是从吃蛋糕开始的，蛋糕在橱柜里；好像她平生第一次来到他们身边，不懂他们平时的规矩似的。

父亲说着，又转向母亲，重复了一句:“该做决定了!”

“决定了，我们去。”妈妈对热尼娅苦笑了一下，便去穿衣服了。

谢廖沙用小勺很认真地敲着鸡蛋，恐怕敲歪到旁边去。他像个大忙人儿一样，煞有介事地提醒父亲，说变天了——正刮着暴风雪，让父亲注意，然后开始笑去来；某种不雅的东西从他冻透后又缓过来的鼻子里流下来；他开始坐不住了，从紧身制服裤的兜中拿出手帕，像父亲教他的那样，“无损于鼓膜地”擤擤鼻涕。他抓起勺。外出回来，他的脸蛋绯红又干净，盯着父亲说:

“今天出门，我们遇见了涅加拉托夫的朋友，你认识他吗?”

“是埃旺斯吗?”父亲心不在焉地问。

“我们不认识这个人。”热尼娅脱口说道。

“维佳!”从卧室里传来一声呼唤。

父亲站起身，应声而去。热尼娅在门口撞到了乌里雅莎身上，她给热尼娅拿来一盏点亮的灯。不久，旁边的门砰的一声关上了，这是谢廖沙回自己房间去了。他今天表现不错，妹妹很喜欢看到阿赫迈齐扬诺夫兄弟的朋友表现得像个男孩儿，喜欢谈起他时可以说他已穿上了中学校服。

门兀自摇动。几位着高统胶靴跺脚。他们终于出发了。

信上说，“迄今为止她都不是个自私之人，如果大家需要什么，可以像过去那样要求她”；可是当这位可爱的姐姐满载问候和敬意，开始在大量亲戚中按照名字分发这些问候和敬意的时候，乌里雅莎这次变成了乌里雅娜。乌里雅莎谢过小姐，把灯焰捻小，便带着信、墨水瓶和那张八开油纸的残片离开了。

于是她又开始做作业了。她没有把循环小数用括号括起来。她继续做除法，记下一个又一个循环小数。这样是无法计算出结果的。商数中的分数越来越多。“万一麻疹复发呢?”她的头脑中突然闪现出了这个念头。“今天季基赫讲到了有关无限的事情。”她不知道自己在做什么。她觉得今天白天自己就遇到过这种情况，那时她也想睡觉或哭泣，但却无法弄清楚是什么时候、具体怎么回事，因为她没有能力弄清楚这些。窗外的喧闹平息下来，暴风雪也逐渐停止了。十进制除法对她来说完全是新知识。右边的空白处已不够用。她决定再算一次，字写得更小些，认真检查每一步。街上变得很安静。她害怕会忘记从旁边一位数借来的数字，并且会记不住乘积。“窗户是跑不了的，”她心里想着，一面继续把三和七写到无限的商数里去，“我能及时听到他们的；周围这么安静；他们不会那么快就回来；穿着皮大衣，妈妈又怀着孕；关键的是，3773 在重复出现，可以简单地抄上或去掉。”她突然想起，季基赫今天确实告诉过她，“没必要留着它们，直接舍去就行了。”她站起来走到窗前。

外面变得亮起来了。黑暗里飘起零星的雪花。雪花飘向街灯，绕着它飞舞，然后又飞向一旁，消失在视线里。新的雪花又飞到它们刚刚所在的位置。街道亮闪闪的，铺上了一层雪毯，可以好好滑雪橇了。雪是那么白，晶莹而甜蜜，像童话故事里的蜜糖饼干。热尼娅站在窗前，出神地看着安徒生笔下的银白色雪花在灯柱旁编织出的圆环和人影。她流连了一会，就去妈妈的房间去取《猫》那本书了。她没点灯就进去了。不点灯也能看见。板棚屋顶把流动的闪光倾注进房间。床仿佛结上了冰，伴随着这个大屋顶的呻吟，闪耀着微光。这里散乱地堆放着烟色的丝绸衣服。小号的女衬衫散发出腋下垫衬和里衬那令人憋得难受的气味。一股紫罗兰的香味飘过来，衣柜是蓝黑色的，就像外面的夜色，又像这些结冰的颗粒在其中移动的干燥而温暖的昏暗。床头上的一个金属球像一颗珍珠闪闪发光，另一个金属球的光芒熄灭了，因为有一件衬衫搭在上面。热尼娅微微眯缝起眼睛，珠子掉到地板上，滑向衣柜。热尼娅突然想起自己为何而来的。她双手捧着书，走到卧室的一扇窗前。夜晚繁星闪烁。叶卡婕琳堡的冬天到了。她望着院子，开始思考普希金的作品。她决定请补习老师给她布置一篇作业，写一个有关奥涅金的作文。

谢廖沙想聊天。他说：

“你用了香水吗？给我也喷一点儿。”

他一整天都非常可爱，脸蛋粉红。可她想到，将来可能不会再有这样的夜晚了。她想一个人独处。

热尼娅回到自己的房间，开始阅读《童话》。她屏住呼吸，一篇接一篇地读小说。她看得很入迷，没听到哥哥在隔壁收拾东西。她的面部表情变化无常，她自己没有意识到这一点。这时她的脸像鱼一样展开，嘴唇张开，死灰色的瞳仁因恐惧而紧盯着书页，不敢抬眼，生怕在五斗橱后面找到那个可怕的东西。然后，她突然对着书同情地点头，好像在表示赞同，那样子就像人们在赞成某种行为，或者对事情的转变感到高兴。读到描写湖泊的地方时，她放慢了速度，一头扎进夜色深处，那里有一块即将烧尽的孟加拉火种，她家的照明就依赖于它。在某一处，有位迷路的人一边断断续续地喊着，一边聆听是否有回应，结果听到的只是回声。热尼娅的未发出声的嗓子绷得紧紧的，她不得不清了清喉咙。一个非俄罗斯人的名字“米雷”把她从茫然中拉回现实。她把书放到一旁，想道：“亚洲的冬天原来是这样的，中国人在这样的黑夜里在做些什么呢？”热尼娅的目光落在钟上。“在这样的黑暗里，和中国人待在一起想必会很可怕。”热尼娅又看了看钟，吓了一跳。父母在任何时刻都可能出现。已经十一点多了。她解开鞋带，又想起应该把书放回原处。

热尼娅一下跳了起来，坐在床上，直瞪着前面。这不是一个小偷。外面人很多，像在白天一样大声走路，高声说着话。突然，有人像挨宰了似的尖叫起来，撞翻了椅子，好像拖着什么东西。是个女人的喊声。热尼娅渐渐听出了所有人的声音，所有人的，除了这个女人的声音。他们不可思议地乱跑起来，门开始砰砰地关上。当最远一道门关上后，女人的嘴好像被堵住了。但是，门又打开了，家里又被这尖叫声搅得开了锅似的。热尼娅吓得头发都竖起来了：那女人是她的母亲，她猜到了。乌里雅莎在哭诉，热尼娅有一次捕捉到了父亲的声音，然后就再也没听到过。有人把谢廖沙往别处推，他大喊："不许锁门！"——"全都是自己人！"——热尼娅像光着脚，只穿一件衬衫式长睡衣就冲到走廊里。父亲差点儿撞倒她。他仍然穿着外套，边跑边对乌里雅莎喊着什么。"爸爸！"她看到他端着大理石罐从浴室里跑回来。"爸爸！""丽莎在哪儿？"父亲边跑边用不像是他自己的声音问道。水洒到了地板上，他闪进了门后，过了一会儿，当父亲没穿上衣，只戴着套袖露出头来时，热尼娅已经躲在乌里雅莎的臂弯里，没有听到那用绝望悲伤的深沉耳语说出的话。

"妈妈怎么了？"乌里雅莎不回答，只是重复着同样的话："不要，不要，小热尼娅，不要问了，亲爱的，睡觉，快睡吧，盖好被子，侧身躺着，噢，上帝呀！……亲爱的！不要这样，不要这样，"她一边叨咕，一边像侍候小孩子那样给她盖好被，然后准备离开。不要，不要，不要什么呢？她没有说，满脸泪水，头发披散着。她出去后，第三扇门咔的一声锁上了。

热尼娅擦着一根火柴，想看看是不是天快亮了。才十二点多，这使她非常惊讶。难道，她还没有睡上一个小时？父母的卧室那边，嘈杂声并没有就此停止，传来一阵阵富有穿透力的惨叫声。接着又在一瞬间出现了一片广阔永恒的寂静。寂静中有时能听到急促的脚步声和小心谨慎的急语声。后来铃声响了。接着又是一阵铃声。然后，说话声、争吵声和命令声越来越多，屋子仿佛都在这些嘈杂的声音中燃烧起来，就像一千个燃尽的枝型烛台下的那些桌子。

热尼娅睡着了。她是含泪睡着的。她梦见来了一些客人。她数着他们的人数，但总是数错。每次都会多数出一个来。每当她发现自己数错时，都会有一阵恐慌袭上心来，就像她发现那个人不是别人，而是妈妈时那样。

干净而晴朗的早晨怎能不让人欣喜。谢廖沙想着在院子里和同院的孩子一起游戏，扔雪球、打雪仗。有人把茶点给他们送到了学习室，说饭厅的地板正在打蜡。父亲走了进来。马上可以看出，他还不知道给地板打蜡的事。他确实对此一无所知。他给他们讲了换房间的真正原因。母亲病了，她需要安静。

无所事事的乌鸦呱呱叫着飞过白雪覆盖的街道上空。小马拉着雪橇从旁边划过。它还不习惯这个新的马嚼子，所以步态歪斜。“你要去杰芬多娃那儿，我已经安排好了，而你……”“为什么？”热尼娅打断了他的话。但是谢廖沙已经猜到了原因，抢在父亲之前答道："为了不被传染上。"他向妹妹解释，但街上传来的声音使他没能把话说完。他跑到小窗前，好像有人在那里招呼他。鞑靼人身穿新衣走出来，又整洁又漂亮，像只野鸡。他戴着羊皮帽，没挂面的羊皮比上等羊皮革还暖和。他步履蹒跚，摇摇摆摆走过来，大概是因为他那双白色毡靴上的深红色装饰图案，它们一点儿也不了解人脚的结构，四处裂开，很少顾及那是脚，还是茶碗，或者是门廊的顶棚。但最引人注意的是——恰巧此时，从卧室里传来的呻吟声越来越强，父亲走到走廊里，不许他们跟着他——最引人注意的是他驾着狭窄而干净的雪橇在林间低洼上留下的痕迹。因为这雕塑一样的痕迹，雪显得更白更光滑了。"这儿有封信，你把它交给杰芬多夫。给他本人，懂了吗？好了，做好准备吧，马上会有人带衣服来，你们从后门出去，阿赫迈齐扬诺夫一家在等着你。"

"他们真的在等我吗？"儿子嘲笑地反问道。

"是的。你们在厨房穿衣服。"他心不在焉地说，又不紧不慢地跟着他们到了厨房。他们的大衣、帽子和手套小山似的堆在方凳上。冬季的冷空气从楼梯间里吹了进来。"哎哟，呵！"飞驰而过的雪橇在空气中留下寒冷的叫声。他们匆忙穿衣服，手却伸不进袖子里。衣物散发着箱子和旧毛皮的味道。"你磨蹭什么呢？""别往边上放，会掉下去的。怎么样了？"

"总是在哼哼，"女用人提起围裙，弯腰拾起一块劈材扔向正啪啪燃着火的炉膛，"这不关我的事。"她生气地抱怨道，然后又绕回房间去了。

一只黑色的破桶里堆着碎玻璃和泛黄的配方纸。几条毛巾染上了血，揉成一团一团的。它们泛着红光，真想把它们踩灭，就像踩灭闷燃的腐物。开水在锅里沸腾，周围摆着一些白色的烧杯和形状奇妙的研钵，像在药店里似的。

小嘉利姆在穿堂里砸冰。

“夏天剩下的冰还多吗？”谢廖沙问道。

“很快就有新的了。”

“给我，你不该把冰弄碎”

“为什么不应该？必须弄碎。要装到瓶子里。”

“好吧！你准备好了吗？”

可是热尼娅还在房子里乱跑。谢廖沙走到楼梯口等妹妹，一边用一块劈材敲打着楼梯的铁扶手。

八

大家在杰芬多夫家坐下来吃晚饭。奶奶手画十字，又跌坐回圈椅上。油灯燃着昏暗的光，冒着烟：它时而捻得太紧，时而又捻得太松。杰芬多夫干枯的手常常伸向螺丝杆，当他慢慢把手从灯前收回来，又慢慢地坐回原处时，他的手就微微发抖。不像是老年人的那种抖，而是好像他在举起一个斟得过满的酒杯，指尖靠近指甲的地方在发抖。

他讲话的声音清晰而平稳，仿佛他讲的话不是由声音，而是由字母组成的，而且他把所有的字母都读出来，甚至包括硬音符号在内。

圆鼓鼓的灯罩颈被火烤得很热，外面粘满老鹳草和天芥菜的须子。蟑螂靠近温暖的油灯玻璃取暖，钟的指针谨慎地走着。时间在冬季缓缓爬行。时间溃烂化脓了。院子里的一切冻得僵硬，腐烂发臭了。窗下人来人往，碎步疾行，在鬼火中显出双影甚至三个影子。

杰芬多娃把做好的肝放到桌子上。盘子冒着热气，加了洋葱。杰芬多夫说着什么，时常重复着"我建议"三个字，丽莎则喋喋不休地说个没完，可是热尼娅没有听他们说话。她从昨天起就一直想哭。现在更想大哭一场，就穿着这件遵照母亲的指示给她做的短上衣。

杰芬托夫明白她是怎么回事。他很想逗她开心。但他时而像对小孩子一样跟她说话，时而又走向另一个极端。他那些滑稽逗笑的话题令她感到害怕和不安。他这是在盲目探索女儿朋友的心灵，就像在问她的心有多大了。他打算准确地捕捉到热尼娅的某个特点，然后利用它来帮助孩子忘掉家里的事。但在这么做的时候，他却让她想起，她是在别人家里。

突然她忍受不住了，站起身来，像个小孩子似的难为情地小声说道:"谢谢，我吃饱了，真的。可以看看图画书吗?"然后，在众人不解的目光下红着脸，把头向隔壁的房间一扬，说:"看瓦尔特·司各特的，可以吗?"

"去吧，去吧，我的宝贝儿!"奶奶嚼着东西，扬了一下眉毛，示意丽莎坐在原位。"可怜的孩子——"当两半儿深红色的门帘在热尼娅身后合拢，她转向儿子说。

一套严肃的《北方》杂志沉重地压在书架上，下面是一套发旧了的烫金卡拉姆辛全集。一盏粉红色的吊灯从天花板上垂下，在灯光照射不到的地方有一对破旧的扶手椅。没入一片漆黑中的小地毯，让她脚踏上去时感觉很意外。

热尼娅以为，她走进屋子，坐下来就会大哭。但是眼泪只在眼眶里打转，悲伤并没有决堤。如何才能摆脱从昨天起就像横梁一样压在心头的忧伤呢？眼泪无济于事，也抬不起这横梁。她开始想念母亲，想借此帮助眼泪流下来。

这是有生以来第一次，她准备在别人家里过夜，她测量到了自己对这世界上最宝贵的这个亲人的依恋程度有多深。

忽然她听到丽莎在门帘后发出的笑声。“啊，你个坐不住的，淘气鬼……”奶奶咳嗽起来，身子左右摇摆。热尼娅吃惊地想到，她曾经以为自己是爱这个女孩儿的，此刻她的笑声就在近旁回荡，但却是那么遥远，那么不为她所需要。她心里有什么东西翻了个个儿，当母亲完全进入她的意识的那一瞬，让她的泪水肆意地涌了出来：妈妈还在受苦，还被昨天的一连串事件包围着，仿佛还留在月台上，站在送行的人群里，而时间列车早已将热尼娅带走。

但昨天在学习室里，柳维尔斯太太向她投去的洞察一切的目光，实在是令人难以忍受。它铭刻在她的记忆里挥之不去。热尼娅现在所承受的一切都和它密切相关。好像这是一种应该珍视和抓住的东西，却被遗忘和忽视了。

这种想法可以让人神志不清，它的苦楚和永久持续能使人沉醉和发狂。热尼娅站在窗前，无声地哭着；泪水在流，她没有去擦；她的双手被占着，虽然她的手里什么也没拿。她的手直直地张开着，激动、有力、顽强。

一个突如其来的念头袭上她的心头。她忽然想到，自己太像妈妈了。这种感觉和一种鲜明的确定自己完全正确的感觉结合在一起，它专横地把臆想当成现实，如果做不到这样，也可以用一种美妙惊人的力量使她与母亲相像。这种感觉是那样具有穿透力，锋利得让她呻吟起来。这是一种从内心深处发现自己外在魅力的女人的感受。热尼娅对此还无法自己作出解释。她第一次有这种感受。有一点她没有弄错。比如，一次柳维尔斯太太激动地背对着热尼娅和家庭教师，站在窗边，咬着嘴唇，一边用眼镜腿儿敲打着柔软的手掌。

她回到杰芬多夫夫妇身边，泪水使她陶醉，她的心变豁亮了，她不是用自己的步伐，而是用已经变化了的、梦幻般凌乱的、新的步伐大踏步走进来。看着小姑娘走过来，杰芬多夫就认识到，在她不在眼前的这段时间，自己对她形成的看法是绝对不公正的。若不是正在弄茶炊，他就要对她进行新的品读了。

杰芬多娃到厨房取来托盘，把茶炊放在地上，大家的目光都集中在冒着热气的铜茶炊上，好像它是个有生命的东西，在人们把它移到桌上时，它的调皮任性也就消失无踪了。热尼娅坐到自己的座位上。她决定和大家交谈。她不安地觉得，现在应该由她来主动选择话题。否则，大家还会认为她和之前一样孤独，而看不到妈妈也在这里，在她的心里与她同在。他们的目光短浅会给她带来痛苦，但主要是会使妈妈痛苦。仿佛受到这个想法的激励——“瓦萨·瓦西里耶夫娜!”——她对正在费力地把茶炊放到托盘边上的杰芬多娃开口叫道……

“你能生孩子吗?”丽莎没有立刻回答热尼娅。“嘘，小声点儿，别喊。是的呀，能生，跟所有女孩子一样。”她断断续续地小声说道。热尼娅看不到朋友的脸。丽莎在桌上摸索着火柴，却没有找到。

在这方面她比热尼娅懂得多得多；她什么都知道，像其他孩子一样，都是从别人那儿听来的。这种情况下，那些被造物主选中的模特儿就会奋起反抗、愤怒乃至撒野。不表现出病态现象，一个人是经受不住这种经验的。这种现象正好与本性相反：这个年纪孩子的失常行为方才证明他们是极其正常的。

有一次，有人在角落里对丽莎耳语了一大堆偷情和下流的事。丽莎没有因听到的事而发窘，而是把这一切装到了自己的脑子里，从街上带回了家。一路上她没丢掉任何一句听来的话，把这些乱七八糟的东西全都小心地保存下来。她什么都知道了。她的器官没有发烧，心里没有慌乱，灵魂没有因为脑子竟敢不经允许、不是从它自己的嘴里而是从外面了解到这些而殴打它。

“我知道。”(“你什么都不知道。”丽莎心想)。“我知道。”热尼娅重复道，“我不是在说那个，而是这个——难道你不觉得，只要走出那一步，就会突然生孩子，就是……”

“你快进来!”丽莎忍住笑，嘶哑地说道，“你可以在别的地方大喊大叫的。他们在门外边都能听到。”

这次谈话是在丽莎的房间里进行的。丽莎说话声音很小，小得可以听到洗手间滴水的声音。她已经找到了火柴，但还是迟迟不点灯，因为她无法使兴奋的脸颊平添上一本正经的表情。她不想伤害她的朋友。她体谅朋友的无知，是因为她没有想过，除了在这里、在家里、在没去上学的女友面前难以说出口的这些方式，还有别的方法来说这种事。她点亮了油灯。所幸桶里的水是满满的，丽莎便赶忙去擦地板了，把又一阵即将迸发的笑声藏进围裙里，藏进抹布擦地的声音里，直到最后找到一个真正的借口，才公然大笑起来。她把梳子掉进了桶里。

这些天，她什么都不做，一门心思想念着自己的家人，等待他们来接她的时刻。为了这事，白天，当丽莎去上学，只剩下奶奶一个人在家，热尼娅也穿上衣服，一个人去街上逛。

郊区的生活与柳维尔斯一家人住过的那些地方的生活大不一样。一天的大部分时间都是空虚而无聊的。没有可让眼睛陶醉的东西。除了体罚用的树枝，或者清扫烟筒、炉灶的掸子，就再没什么可看的了。到处堆着煤，黑色的泔水流到街上，刚一结成冰便变得发白。在一定的时间，满街都是普通百姓。工人们像蟑螂一样在雪地上爬来爬去。茶馆的门靠滑轮开开关关，里边涌出一团团好像来自洗衣房的肥皂沫一般的蒸汽。奇怪的是，当身穿蒸透了的衬衫的人在街上躬着腰跑过，他们的毡靴和粗糙的长袜一闪一闪的时候，街上似乎变得暖和了，好像春天业已到来。鸽子不怕这些人，它们沿街路飞行，寻找吃的。黍、燕麦和牲口粪便乱扔在雪中的街道上。烙大馅饼的女掌柜的售货亭因为油脂和热气显得油光光的。这油光和热气落入被劣质白酒涮过的嘴里。油脂烫到了喉咙，然后从不断悸动的胸膛里挣脱出来。也许正是这些使街道温暖起来。

而后街道上又突然变得空荡荡的，暮色降临了。运柴的雪橇空着驶过去，无座雪橇飞驰而过，载着一些大胡子，他们裹在皮大衣里，像被熊从背后顽皮地抱住，把他们仰天摔倒。它们一路上洒下一把把颜色暗淡的干草和低沉悦耳的渐行渐远的铃铛声。商人们消失在拐弯处，消失在一片小白桦林的后面。从这里看去，那片白桦林就像凌乱的栅栏。

那群在他们家房顶上大胆地呱呱叫的乌鸦，结队飞来了这里。只是，在这里它们不再哇哇叫了。一阵叫声过后，它们就张开翅膀，连蹦带跳地降落在栅栏上，然后，突然好似收到信号一般，像一片乌云似的，呼地飞起来去选择树木，互相推挤着在空树枝上抢到各自的地方。啊，那时候你会感觉，这是人世间多么姗姗来迟的时刻啊！任何钟表都难以表达这一迟来的时刻！

就这样过了一周，在第二周，星期四的黎明时分，她又见到了他。丽莎的床是空的。醒来时，热尼娅听到篱笆门在她身后砰的一声关上了。她下了床，没有开灯，径直走向窗口。外面还是很黑，可是从天空中、树枝上以及狗的跑跳中，能感觉到和前一天一样的压抑感。这种阴沉的天气已经持续三天了，没有能力把它从变得有些松软的街道上移开，如同把一块铁从凸凹不平的地板上移开一样。

街对面的一个窗口亮着灯。两条光柱投射在一匹马的身上，落到庄稼垛上。人影在雪地上移动，一个幽灵的手臂裹在皮大衣里在移动，灯光在挂着窗帘的窗上移动。小马驹则一动不动，站在那里打盹儿。

那时她看见了他。她从侧影一眼就认出了他。瘸子拿起油灯，提着它越走越远。在他的身后，有两条明亮的光柱，一边移动，一边歪斜着延长。光带后面是一辆雪橇，飞快地一闪，以更快的速度冲进黑暗，然后慢慢从房后绕过来，驶向门廊。

很奇怪，在郊区这个地方，茨维特科夫仍旧能出现在她的视野。但热尼娅对此并不感到奇怪。她对他不太感兴趣。很快油灯又出现了，平稳地经过所有窗帘，然后又开始倒退回去，忽然停在先前的那条窗帘后，它就是从那个窗台被拿走的。

这是星期四的事。星期五有人来接她了。

九

回家后的第十天，中断了三个多星期之后，复课了，热尼娅从辅导老师那里知道了其他所有事情。午饭后，医生收拾起东西走了。热尼娅请求他代她向春天时他为她看病的那座房屋、向所有街道和卡玛河致意。他希望再也不需要把他从彼尔姆叫到这里来了。热尼娅把这个人送到大门口，在她从杰芬多夫家回来的第一个早晨，他就把她引入了一个毛骨悚然的情境。那时妈妈还在睡觉，大家不允许热尼娅去见她。热尼娅问妈妈得了什么病时，他便从她的双亲去剧院的那个夜里开始回忆：演出结束后，大家走出剧院，他们的那匹公马……

“小畜牲[1]?!”

“是的，如果这是它的绰号……小畜牲开始乱跳，四蹄乱踢，撞倒了一个过路人，把他踩在脚下，然后……”

“怎么了？踩死了？”

“唉！”

“那我妈呢？”

“你妈妈精神失常了，”他笑了一下，勉强对小姑娘说了一句拉丁语“partus praematurus[2]”。

“那么就生下了一个死掉的小弟弟?!”

“谁跟你说的？是的。”

“什么时候生的？当着他们的面吗？或者他们见到的是已经没有气的小孩？不要告诉我了。啊，多么可怕呀，现在我明白了。他已经死了，否则我会听到他的。要知道当时我在看书。看到深夜。我应该能听到的。那他什么时候是活的呢？医生，确实有这样的事情发生吗？我甚至进过卧室呢！他死了。他肯定死了！”

多么幸运啊，她是在杰芬多夫家看到那个男人的，在前一天的黎明，而意外是三周前在剧院门口发生的。多么幸运啊，她认出他来了。她惊惶不安地想道，如果在这段时间她没有看到他的话，那么现在，在听了医生的讲述后，她一定会认定在剧院门口被踩死的是这个瘸子。

医生这段时间一直和他们待在一起，已经完全成了自己

---

① 即“维卡尔梅什”。

② 拉丁文，“早产”。

人，现在他却要走了。晚上辅导教师来了。今天是洗衣服的日子，厨房里有人用熨平机熨衣服。窗框上的霜已经融化，花园就离窗口更近了，缠在镶着花边的窗帘内，靠近了餐桌。轧辊短促的辘辘声不时地闯进谈话声里。季基赫和大家一样，发现她变了。她也注意到了他的变化。

“为什么您这么忧郁？”

“是吗？那很有可能。我失去了一个朋友。”

“您也有痛苦？有多少死亡啊——都是在突然之间发生的。”她叹了口气。

但是，他刚准备讲他知道的事情，一件无法解释的事发生了。小姑娘突然冒出了其它想法，想到了死亡的人数，她显然忘记了可以把那天早晨看到的油灯当作证据，焦急地问：“等一等。有一次您在卖烟的小铺，那时涅加拉特要走，我看见您和另外一个人在一起。是他吗？”她不敢说那是茨维特科夫。

听到这句话的语调，季基赫沉默了，他在记忆里翻寻，终于想起他确实去那里买过纸，还替柳维尔斯太太问过屠格涅夫全集的事，当时确实是同那个已故的朋友在一起。她颤抖了一下，眼泪涌了出来。但重要的事情还在后面。

季基赫伴随着辗衣辊的辘辘声，断断续续地讲给她，他是一个怎样好的年轻人，出身于一个多么好的家庭。讲完后，他便抽起烟来。热尼娅惊恐地觉悟到，正是吸烟的这个当口，使得季基赫免于重复医生讲的故事。当他尝试着说出几句话，里边提到“剧院”这个词时，热尼娅失声大喊起来，冲出了房间。

季基赫仔细听了听。除了辊压衬衣的声音，房间里听不到任何动静。他站起来，样子像只鹳。他伸长脖子，略微抬起一条腿，准备去帮助她。他断定家里没有人，小姑娘已经昏过去了，便奔出去寻找她。他摸黑在一堆由木头、羊毛和金属组成的莫名其妙的东西中乱撞时，热尼娅正坐在角落里哭泣。他继续摸索和探寻着，脑子里想像着把失去知觉的姑娘从地毯上抱起来。当从他胳膊肘后边传来带着呜咽的大叫声时，他哆嗦了一下。“我在这儿，小心！那里有一个碗柜。请在学习室等我，我马上就来。”

窗帘一直垂到地板上，窗外冬天的星光也一直照射到地板上。下面，在齐腰深的雪堆里、在厚厚的积雪中，茂密的树林拖着一串串闪耀的树枝，费力地向窗内明亮的灯光走去。墙那边的某个地方，像是被床单紧紧地绷在一起，传来熨平机前后滚压的沉重的呻吟声。

“怎样才能解释这种惊人的敏感性呢?”家庭教师想道，“很显然，那位死者对这小姑娘关系重大。她完全变了。给她讲解循环小数时，她还是个孩子，而现在这个孩子竟让他回学习室去……这才是一个月的事吗？显然，死者不知怎么使小姑娘产生难以磨灭的深刻印象。这种印象有自己的名字。多么奇怪！他每隔一天就给她上课，却什么都不知道。她实在令人同情，他非常为她难过。可是什么时候她才能哭个够，才能再回来呢？所有人可能都去做客了。他从心底里可怜她。多么不平常的一个夜晚啊！”

他错了。他所设想的那些情感在这件事中完全不起作用。

他没有弄错的一点是，隐藏在这一切后边的情感是难以磨灭的。它们比他想到的程度更深……它们超出了小姑娘所能控制的范围，因为它们相当生动和重要，其意义在于，这是第一次，有另外一个人进入了她的生命，一个第三者，一个与她完全无关的人，没有名字，即使有，也是一个偶然的名字，既引不起仇恨，也激发不起爱，但是，它却是圣训所指的那个名字，当圣训说：不可杀人，不可偷盗，等等。圣训说："你这个独特的活生生的人，不要对这个浑浑噩噩的常人做你不希望对自己做的事。"季基赫误认为那种感情有自己的名称。它们没有名称。

热尼娅哭泣是因为她认为在一切事情上她都有罪过。是她那一天在别人家的花园里看到了他，毫无必要、毫无益处、毫无意义地看到他，并把他引入了自己家的生活，随后每一步都遇见他，直接或间接地遇见他，甚至如最后一次那样，在觉悟可能性的情况下遇见他。

当她看见季基赫从书架上拿起那本书时，她皱起眉头说："不，今天我不准备学这个。请放回去吧。对不起，请放回去吧。"

她没有再说话，那只手又把莱蒙托夫的作品费力地塞回一排歪斜的经典作品中去了。

保护证书

纪念莱纳·马利亚·里尔克

第一章

一

一九〇〇年夏季一个炎热的早晨，一辆快速列车即将驶离库尔斯克火车站。列车出发前，车窗外走来一位穿着黑色蒂罗尔式斗篷的人，同行的还有一位高个子的女子，像是他的母亲或姐姐。他们和我的父亲攀谈起来，三人兴趣十足地聊着一个话题。那位女子和我母亲用断断续续的俄语交谈，陌生男人则一直在讲德语。虽然我德语很好，但他讲的德语我却从未听过。所以，在两次发车预警铃响起的间隔期间，在人群熙攘的站台上，那位外国男子在我的记忆里仿佛夹在人体之间的剪影，一个并非虚幻人群中的虚幻。

途中临近图拉的时候，二位再次出现在我们的包厢。他们说，按照规定快车在科兹洛瓦雅·扎谢卡这站是不停的，他们不敢肯定列车长能否让司机在托尔斯泰的家乡临时停一下车。从后来的谈话中我断定他们是去接索菲娅．安德烈耶夫娜[1]，

① 列夫·托尔斯泰的妻子。

因为她要前往莫斯科听交响乐，前些天她还来过我们家。从我还是幼儿的时候起，列·尼伯爵[1]这几个字就是一个举足轻重的标志，如香烟的烟雾一般弥漫在我家的房子里，起着潜在的、但无可替代的作用。他花白的胡子在以后的岁月里被我的父亲、列宾等画家反复描绘，很久以前在一个孩子的想像中，这胡子是属于另一位老人的，那位经常见面，确切说是稍晚些经常见到的尼古拉·尼古拉耶维奇·格[2]。

然后他们便同我们道别返回自己的车厢了。过了一会儿，在路基上飞奔的火车突然刹车了。白桦一棵棵从眼前掠过。列车在铁轨上滑行，联结器的减震装置发出呼哧呼哧的碰撞声。透过鸣叫的阵阵风沙，积云的天空抬眼可见。在小树林的转弯处，一辆空着的双套马车张开怀抱向刚下车的二人飞奔而来。只是瞬间的响动，站台上就如射击过后似的，马上恢复了寂静，似乎无人察觉到我们。我们不能在会让站久留，二人挥了挥手帕同我们道别，我们也回应着。我们注视着车夫安排客人上车。戴红色套袖的车夫把一个围裙递给女子，欠身整理了一下腰带，撩起长大衣的下摆，然后便扬鞭起程了。此时，火车已载着我们转了弯，小站从我的视野里消失，如一页读完的书被慢慢翻了过去。常常，见过的面孔和经历过的事会被淡忘，甚至可能会被永远遗忘。

---

① 列·尼伯爵：即列夫·尼古拉耶维奇·托尔斯泰（1828—1910），俄国伟大的作家、思想家。

② 尼古拉·尼古拉耶维奇·格（1831—1894），俄国肖像画大师，写生画家。

二

三年过去了，外面已是寒冬。昏暗的暮色和裹着裘皮大衣的行人仿佛将街道缩短了三分之一。街上悄无声息地飞驰着立方形的轿式马车和车灯。对规矩的继承终结了，在此前它曾中断过不止一次。它们被更强大的继承性——个性的浪潮冲走了。

此前发生的事我就不细述了。如何以类似于古米廖夫的“第六感”的感觉模式在十年时间里揭示了自然；植物学如何作为最初的激情出现，以回应植物的五花瓣的持久性；从检索表中查到的名称是如何给散发芬芳的花朵的眼眸带来慰藉，她们本在不安地奔向林奈，就像从默默无闻奔向名声大噪。

比如一九〇一年春在动物园展示的达荷美[①]女骑士队，使我对女人的第一印象与一个赤裸的队伍、紧密排列在一起的痛苦、伴着鼓声的热带盛装游行联系在一起。由于过早在她们身上见识了这种奴隶的制服，我过早地变成了制服的奴隶。比如一九〇三年夏季，在普洛特瓦河对岸的奥博连斯基，和斯克里亚宾家族相邻的地方，我的友人的一位女学生在游泳时溺水，一名男大学生为救她而死，女孩后来几次从那个悬崖跳下，在自杀未遂后疯了。再后来，我的腿摔断了，打着石膏，躺在那里一动不能动，一晚间就摆脱了日后的两次战争。这时候，河

① 达荷美，指达荷美王国，十七世纪在今非洲贝宁中部兴起的一个国家，又称阿波美王国。

对岸的那两位友人家着火了，小村庄尖细的警报声像因高烧而发抖一般疯狂鸣叫。像天空中纠缠的风筝，锯齿形的火光敲打着空气，突然又蜷缩成火柱，一头倒栽进如长馅饼般的灰红色的烟层。

我的父亲一夜白头。那天晚上，父亲骑马带着医生从马洛雅罗斯拉维茨市回来，在离家两俄里的路上，看见远处林间小路上空火光冲天，浓烟滚滚，他确信着火的正是他心爱的妻子和三个孩子，连同那个三普特[①]重、如果不冒终生变瘸的危险就别想抬起来的上了石膏的腿。

我不想描述这些情景了，让读者替我来完成它吧。读者喜欢寓言和恐怖的故事，把历史看作永无结局的小说。不知道他是否希望历史有一个合理的结局。他最喜欢的地方就是他惯常散步的地方。他总是沉浸在序言和引言里，但对我来说，往往在渐入结论时，人生才得以展开。按照我的理解，历史内部的分段总是以无法避免的消亡来完结的。这暂且不论，即便在生活中，我只有在结束了一步步令人疲劳的烹调过程，全部吃完、生命体被充满的感觉得以充分自由的释放，我才会完全活跃起来。

言归正传，现在是冬季，街道仿佛被暮霭缩短了三分之一，日子在奔忙中度过。街路那边的灯光打着转儿追逐着旋舞的雪花，却赶不上雪花的脚步。从学校回来的路上，“斯克里亚宾”这个名字随着飞舞的雪花，从海报跳到我的背上，我把

① 普特是俄国的重量单位，1 普特＝40 俄磅＝16．38 千克，此处表示很重的意思。

它放到背包盖下，带着它回家。随后，它又变成水滴从我的背包流向窗台。对他的崇拜使我颤抖不已，毫不夸张地说，好像得了寒热病一般。每当远远看见他，我便脸色苍白，又由白转成深红。他一同我说话，我的大脑就一片空白，听到的是在大家的笑声中我语无伦次的回答，确切地说，我自己连回答都听不到。我知道，他猜得到我当时的窘态，但从来没有为我解过围，这意味着他不是很怜惜我。而这种不求回报、没有共鸣的情感正是我所渴望的。正因如此，这种情感越炽热，越能保护我的灵魂不被他不可言喻的音乐所掏空。

离开意大利之前，他来我家跟我们道别。他弹奏了钢琴——在此就不细述了。他在我家吃晚餐，晚餐过后开始高谈阔论，变得天真，大开玩笑。我一直感觉他的内心是寂寞孤苦的。开始告别了，大家纷纷道着祝福。我呕心沥血送上的点滴祝愿融入到大家的临别赠言里。我们一边走，一边大声寒暄着，道别声拥塞在门口，然后慢慢挪向门厅。在门厅，又是一阵最后的告别。他的衣领钩反复好多次才扣到缝得有些紧的钩环里。接着，房门响动，钥匙转动了两声。返回来的时候，路过钢琴，乐谱架在烛光下投射的网状光影告诉我们，他刚才还在这里演奏。妈妈坐下来欣赏他的练习曲，虽然只是由前十六小节组成的一个乐句，但的确是令人惊叹的创作，尽管这作品在世界上还未得到褒奖。于是，我连外套也没穿，光着头冲下楼梯，沿着夜色中的米亚斯尼茨卡大街奔跑着，希望能追回他，或者再见他一眼。

每个人都有这样的感受。我们所有人都要面对传统，传统会赋予所有人以个性，并且，以各不相同的方式向每个人兑现这种承诺。只有按照我们爱过和有机会去爱人的那种程度，我们才成为人。传统用环境的代号来隐藏自己，它不满足于人们臆造出来的综合形象，但又总是给我们送来它最明显的一个特例。那么，大多数人为什么都是披着勉强可以忍受的模糊的普遍性的伪装离开人世呢？人们传统要求童年作出的牺牲，因而宁肯舍弃自我，而趋向于无个性。当我们是孩子时，无私忘我地、怀着等于距离之平方根的力量去爱，这是我们心中的任务。

三

当然，我没有追上他，似乎并没有试图要追上他吧。

我们再次见面是在六年后，他从国外返回的时候。这时的我已步入少年时代。每个人都知道少年时代是如何辽远无边。不管我们以后还会活几十年，它们都无力添满少年时代这座飞机库，我们随时飞回那里去寻找或零散或成片的记忆，不论白天还是夜晚，就如教练机随时飞回机库去加油一样。换句话说，少年时代是我们人生的一部分，却胜过整个人生。浮士德经历了两次不可思议的少年时代，这种不可思议唯有通过数学悖论才能解释。

他回来后，立即参加了《心醉神怡》① 的排练。现在，我

① 通译为：《狂喜之诗》。

是多么希望能找到一个更合适的词，来替代这个散发浓浓的肥皂包装纸味道的名称啊！排练是在每天早上进行的。去排练场需要经过一条雾气弥漫的小路。伏尔卡索夫斯基和库兹涅茨克两条小路被湮没在泥泞的冰雪之中。沉寂的道路上，每个钟楼上的钟锤倒悬在一片雾霭中，那些孤零零的大钟依次响起丁当的敲击声，此起彼伏。其余未被敲响的铜钟则如斋戒一般，友好地沉默着。从卡捷特娜娅街拐到尼基斯卡娅街时，十字路口的泥潭搅起旋涡，好像将鸡蛋和白兰地在一起搅拌时的样子。车夫吆喝着驱车驶进遍布水洼的铁轨路，乐团演奏员们的手杖敲击在火石路面上，发出铿锵的响声。

此时，音乐学院好像早晨正在进行清扫的马戏团。半圆形剧场一排排的座位都空着。池座里的人慢慢地多了起来，好不容易指挥棒开启了演奏的蛰伏阶段，音乐的爪子啪嗒啪嗒地拍打着管风琴的琴键。突然之间，好像全城在清空让给敌人，观众川流而入。音乐终于倾泻而下。转瞬之间各种音色喧腾而来，各种乐声混杂着，舞台上波涛激涌。然后乐音重新被整理好，在激昂中趋于和谐。在达到一阵前所未有的嗡鸣后，在低音的回旋中戛然而止，所有音符都静了下来，整整齐齐地在舞台脚灯前一字排开。

这是人类在瓦格纳为虚构的生物和乳齿象开辟的世界中的第一个居民点。在一个地方建起了一栋非虚构的抒情房舍，磨碎的宇宙烧制出的砖瓦是搭建它的材料。凡高画笔下的太阳在交响乐编织的篱笆墙上空发着光，房屋里，布满尘埃的肖邦的文献铺满窗台。房屋的居民们没有去触动这尘埃，然而却用自己的各种方式继承着前辈最好的遗风。

每听到这部交响乐，我都会潸然泪下。早在排成最初的铅板校样之前，它就已深深印刻在我的记忆里了。这一切都不意外，谱写这部交响乐的那只手早在六年前就以相当的分量笼罩住了我。

这几年是什么？不正是一个人逐渐变化的生机勃勃自由成长的足迹吗？不足为奇，在交响乐中我遇到了一个同龄的令人羡慕的幸运儿。与它为邻不可能不对我产生影响，它影响着我的学业、我的整个生活。让我来说说它的影响吧！

这世上我最喜欢的是音乐，音乐中我最爱的是斯克里亚宾的作品。同他相识前不久，在音乐方面我才开始咿呀学语。他回国时，我正师从至今还健在的一位作曲家，只剩乐队演奏曲的编曲没有学习了。当时人们说法不一，其实重要的一点是，即便大家反对，我也无法想像没有音乐的生活会是什么样子。

然而我没有绝对听觉，即那种随意拿来一个音符听就能分辨出其准确音高的能力。我母亲充分具备这方面的才能，缺乏这一素质无论从哪个方面来说对总的音乐才能影响不大，但它却使我心神不安。如果像旁人所认为的，音乐只是我将从事的事业，那么我就不会对绝对听觉的事如此在意了。我知道，一些出类拔萃的现代作曲家就不具备绝对听觉，据说瓦格纳和柴可夫斯基可能就没有绝对听觉。但是我崇拜音乐，它集中了我身上最迷信、最忘我的东西，是我的一个致命的要害。因此，每当我的灵感在夜里翩翩起舞，就会反反复复想起上面提到的这个缺陷，在第二天早晨把灵感熄灭。

尽管如此，我还是有了几部庄重的作品，现在该把它们展示给我的偶像了。在我们两家的交往中，安排约会是再自然不过的事了，可我却感到极其困窘。这种活动在各种情况下都让我觉得是一种纠缠，这次在我的眼里，简直是有点亵渎神明。在约定好的那一天，我出发去斯克里亚宾暂住的格拉佐夫斯基街。与其说我是带着作品去见他，不如说是带着一份早已超越了任何感情的爱慕，以及因我无法左右的原因而臆想出来的失礼而带来的歉意。我的这些感情就这样被塞进拥挤、颠簸的四号马车，马车毫不留情地沿着棕色的阿尔巴特街行进，可怕地载着我接近我的目的地，在毛发蓬乱、汗津津的牛马和行人的陪伴下，被拖至水深及膝的斯摩棱斯克大街。

四

那时我领会了我们的面部肌肉是怎样被训练出来的。当时我激动得喉咙发堵，用近乎麻痹的舌头吞吞吐吐不知所云，一边答话，一边一口接一口地呷着茶水，以免噎住，或者做出更糟糕的事来。

颌骨与凸出的前额上的皮肤在颤动，我挑动着眉毛，点头，微笑，做这些表情时，每当我摸到鼻梁处皱起的皮肤，麻痒痒地，黏滑得像蛛网，我就用手中紧抓着的手帕一遍遍痉挛地擦拭额头上渗出的大汗珠。窗帘低垂，可春天依然雾霭般弥漫在我脑后窗外的大街小巷。眼前是健谈的男女主人，他们极力想使紧张窘迫的我放松下来。二位主人之间放着的那碗茶散发着清香，茶炊被翻花的水蒸气弄得嗞嗞作响。缭绕的水汽和粪堆散发的沼气使太阳变得朦朦胧胧的。烟灰缸里的雪茄烟头冒着丝状的玳瑁色轻烟，向阳光的方向徐徐荡漾，触到阳光后，它又厌腻了似的沿着光线向侧面延伸过去，仿佛爬在一小块绒布上。不知道是什么原因，屋里令人目眩的空气、飘着华福饼干和白糖味道的蒸汽，以及像纸张燃烧一般熠熠闪光的镀银茶具交替作用着，越发加重了我的不安，使我难以忍受。当我走到大厅，无意中来到一架钢琴旁的时候，那种感觉才平息下来。

弹奏第一个乐曲时，我心里还有点慌乱紧张，到第二个曲子时，已基本上克服了惶恐不安，等到弹第三个曲子时，我竟又感到一种新的、没有预料到的压力。偶然间，我的视线落到听我演奏的那个人身上。

随着我的演奏，只见他先是抬起头，然后扬起眉，最后神采焕发地站起身来，脸上带着令人难以捉摸的微笑，在旋律声中带着律动的步调向我走过来。看来他很喜欢我的曲子，我赶快收了尾。他立即向我说，在这么绝好的音乐面前，我之前那么说自己的音乐才能是毫无道理的。他一边简短地谈论着我弹奏的乐曲，一边坐到钢琴旁，把最吸引他的一段重新弹了一遍。反过来再弹是很难的一件事，我本来没指望他能准确无误地弹下来，然而接下来发生的事却令我始料未及：弹奏时他转了调。结果这些年来如此折磨我的那个缺陷在他的手下显露出来，就像是他自己的缺陷一样。

当猜测的事情发生意外转变，这种事实胜过任何能言善辩的说教，我战栗了一下，想到了两个可能。如果我向他坦白自己的心结，他会说："鲍里斯，我也没有绝对听觉啊。"事情如果真是这样倒好了，那说明不是我死缠着音乐不放，而是音乐命中注定是属于我的。若是他回答我时谈到瓦格纳、柴可夫斯基以及调音师等等，当我刚刚触及使我感到不安的这个话题，他就会中途打断，说："绝对听觉？听完我对你说的话，你还这么说吗？那么瓦格纳呢？柴可夫斯基呢？还有具有绝对听觉的成百上千的调音师呢？……"

我们在大厅里踱着步，他一会儿把手放到我的肩上，一会儿又挽起我的手臂。他谈到即兴弹奏的危害，以及即兴弹奏之后应该如何记下谱子。他以自己的几部因结构复杂而遭到非议的新奏鸣曲作品为例，告诉我在创作时应该追求朴素。他又谈到几部平庸的浪漫曲，作为冗长复杂应该遭到谴责的例子。他的奇特比照并不使我感到尴尬。我同意他的观点：无个性比有个性更复杂；浪费笔墨的连篇废话显得通俗易懂，是因为它空洞无物；我们被空洞的陈辞滥调所腐化，在经过长时间之后，当闻所未闻的内涵深厚的作品出现在我们面前，我们却把它当作是对旧形式的追求。不知不觉中，他对我进行了决定性的指导。他问了我的学习情况，当得知我因为法律系好读就选了法律系的时候，他建议我立即转入历史语文系的哲学班。第二天我就转系了。在他说话的时候，我就在思考发生过的事。我并没有违背自己与命运的约定，还记得我预测中的窘迫的答案。今天的偶然事件是否会推翻我心中的神？不，永远也不会——它把我心中的神从原来的高度提升到更高的位置了。可是他为什么没有给予我渴望已久的最简单明确的答复呢？这只能是他个人的秘密了。也许有那么一天，虽说为时已晚，他会向我做出他此时疏忽的表白。他是怎么在少年时代克服了自己的疑惑的？这也是他个人的秘密，正是这个秘密把他提升到了新的高度。

房间里早已暗了下来。小巷里的街灯亮了。到了该知礼告别的时候了。

告辞时我不知该如何感谢他。我心中有一种东西在升华，有一种东西挣脱出来，获得了解放，有一种东西在啜泣，有一种东西在欢呼。

街上第一股凉风使人想起了房屋和远方。鹅卵石街路上乱嚷嚷的，和莫斯科的夜晚如此和谐，嘈杂声向天空飘散。我想起了父母，想着他们急不可待准备提出的问题。不管我怎样描述，我除了带来令人欣喜的消息，是不可能有别的意思了。我服从即将到来的对话的逻辑，第一次把当天的幸福经过当成了事实。那种情况下，这些事件并不属于我。对于别人来说，它们才顺理成章地成为事实，不管我带给家人的消息多么激动人心，我却依然心绪不宁。然而，我高兴地意识到，我是不会把这缕忧愁注进任何人的耳朵中去的，它将和我的未来一样，连同我的、从没有像此刻这样属于我的整个莫斯科一起，留在我的脚下，留在这条街上。我在小巷中踟蹰而行，时常无必要地横穿马路。前一天还觉得历来如此的世界，此时却在我毫无准备的情况下在我的心里融化了、坼裂了。我走着，每转过一个街角便加快一下脚步，我不知道，正是在这个夜晚我与音乐彻底地分道扬镳了。

希腊很会研究年龄。它总是力图避免把年龄弄混，它会封闭而独立地思考童年，把它视为最初的整体化的核心。希腊的这个本领如此高深，从有关加尼米德①和许多类似的神话中就可见一斑。它关于半神半人和英雄的解释中也包含有同样的确证。在她看来，冒险和悲剧的某些成分应该尽早地集中在一起，成为直观的、立即可以理解的一抔。大厦的某些部分，其中包括主要的命运的拱门，必须在开工之初就一劳永逸地安置妥当，以利于将来的建筑能达到均衡对称。最后，也许死亡也应该在记忆中的某种类似感受中被人体验到。

正因为如此，古希腊罗马的文化中有广义的、出人意料、童话般引人入胜的艺术，却对浪漫主义一无所知。

古希腊罗马文化是在后世无法重复的需求下，用行为和使命中的超人精神培育出来的，却根本不懂作为私人用品的超人精神。在这方面给了她保证的是她把世间一切非凡的创造统统归给了童年。当人按照她的方法迈着巨大的步伐进入巨大的现实时，他的出场和周围环境就会被认为是正常的。

五

此后不久，在一个夜晚，我参加了酒鬼协会“谢尔达尔达”的一次聚会。那是十几位诗人、音乐家和画家组成的团

① 加尼米德：神话中的一名美男子，宙斯化为老鹰将其掳上奥林匹斯山并命其为侍酒，后化为宝瓶座的一颗星辰。

体。我想起自己曾答应给朗诵过戴默尔[1]绝好的诗歌译文的尤里安·阿尼西莫夫带去另一位我认为是当代最好的德国诗人的作品。这一次，又像以前不止一次发生过的那样，诗集 Mir zur Feier[2] 是在我非常困难的时候到我手中的，接着这本诗集又在雨雪泥泞中，来到木板铺地的拉兹古利亚伊，置身于潮湿混杂的过往的日子、遗产的和青春的许诺之中。在被杨树下的阁楼里的白嘴鸦闹得晕头胀脑之后，它带着新的情谊回家，亦即对城中另一扇门的感觉，那里还有少量的书。现在该谈谈我是怎么得到这本诗集的经过了。

事情是这样的。六年前，一个十二月的黄昏——这黄昏我在本文里已描述过两次了，街上静悄悄的，只有雪花神秘的鬼脸在窥伺着各个角落。我用膝盖爬在地上，帮助妈妈整理父亲的书架。一排排整整齐齐的书已从四面拂拭干净，像内脏似的回到开过膛的书架上。忽然，从一摞最不听摆布的扭扭晃晃的书里掉出来一本褪了色的灰皮小册子。完全出于偶然，我没有把它塞回书架，而是从地板上捡起来，拿回了自己的房间。过了些日子，我爱上了这本书。不久，又有一本父亲收到的带签名的书加入它的行列。一段时间过后，我才知道，这两本书的作者莱纳·马利亚·里尔克原来就是很久以前那个夏日里，我们在那个几乎被遗忘的林间小站上反复告别后丢下的那位德国人。我跑去向父亲求证，他证实了我的猜测是正确的。令我不解的是，为何这个消息会使我那么激动。

---

① 戴默尔（1863—1920），德国作家、诗人。
② 《为我庆祝》，诗人里尔克的早期诗集。

我不是在写自己的传记。我是在别人的传记有此要求时才写自己的。我同传记的主人公都认为，只有英雄才配有真正的传记，而诗人的经历不适合用这种方式来呈现。如果写，就必须从无关紧要的琐事中进行拼凑，这样只能证明是对怜悯和强制的让步。诗人总是自愿为自己的生活赋予大起大落的坡度，因此不可能把它置于我们希望看到它的传记的垂直线中。诗人的传记是不可能在他自己的名下找到的，应该在其他人的名下，在他追随者的传记中去寻找。衍生出传记的人个性越是独立，他的生平事迹，无需任何修饰地说，就越具有集体性。天才的潜意识领域是无法度量的。它是由他对读者产生的一切影响构成的，对此他并不知晓。不是我在用自己的回忆纪念里尔克，相反，这回忆是他赠予我的礼物。

六

虽然我在叙述中涉及到了音乐，但是我并没有谈到什么是音乐，以及是什么把我引入了音乐领域这个问题。我没有这样做，不仅是因为三岁那年的夜里，当我醒来时，发现我的视野已提前十五年沐浴在音乐的光辉之中了，因而也就没有机会去体验这个范围的东西，而且还因为音乐已经不再是我要涉及的主题了。然而，话题多半要涉及艺术，涉及整体而言的艺术，换句话说，要涉及诗歌，所以音乐是我无法回避的话题。我既不会从理论上，也不会以相当概括的形式来回答这个问题，但是我要叙述的许多方面都将是我自己和我喜爱的诗人对这个问题所作的回答。

太阳从邮政总局的后面升起，滑过基谢里内胡同，降临在尼格林卡河上。我们这边的房间被镀上了一层金光，从午饭时起阳光会渐渐转到餐厅和厨房去。我们住的是公家的房子，房间是由教室改建的。我那时在上大学，读的是黑格尔和康德的哲学。那个阶段有一个特点，朋友们在聚会上时常探讨一些深奥的问题；每次不是你就是他，会发表一通初露锋芒的见解。

大家经常在深夜里互相唤醒。理由总是那么迫不及待和那么正当。被唤醒的人会为他的睡眠感到羞愧，仿佛那是一个被人偶然发现的弱点。然后，我们会立即动身，去萨科尔尼基公园，去雅罗斯拉夫铁路道口，仿佛去隔壁房间那么简单，从而让倒霉的家人惊吓不已，他们无一例外地被视为小人物。那时我跟一位富家姑娘很要好。大家都清楚我是爱她的。她只是在理论上参加我们的这些夜游，只是嘴上说她更睡不着，更适应夜间散步。当时我在外边讲一些微不足道的课，为了不向父亲伸手要钱。每逢夏季，家里人出去避暑，我就留在城里，靠自己挣钱度日。我用节制饮食来实现经济独立的妄想，结果使我的生活里又增添了饥饿，在空荡荡的住宅里将黑夜彻底变成了白昼。而我一再拖延与音乐的诀别，它已经与我的文学交织在一起了。别雷和勃洛克的深邃和美妙不可能不展现在我的面前。他们的影响与一种超越了简单无知的力量独特地结合在一起。十五年来，我为音乐牺牲了语言，那些被克制的文字注定要标新立异，有如残废的肌体一定要做技巧运动一样。我和一部分朋友与“穆萨捷特”出版社取得了联系。从别人的口中，我知道了马尔堡学派的存在：柯亨、纳托尔普和柏拉图取代了康德和黑格尔。

那几年的生活，我是有意用随机的方式来叙述的。这些特征我本来可以讲得更深些，或者代之以别的特征。然而，以上列出的特征已足够达到我的目的了。我用这些特征像在一张设计图纸上进行勾画，大致展示了我当时的生活。在这方面我常常问自己，在哪里和在什么样的力量促使下，产生了我的诗歌？要回答这个问题我无需长时间思考，这是唯一使我记忆如新的感受。

它是从各种倾向的相互冲突中、不同的发展过程中、最守旧的各种思潮的落伍和它们身后的沉积物中，产生在我的回忆深处的。

爱情比一切都来得迅猛。有时，它出现在自然界的头脑中，会抢在太阳前面。但因为这种情况是很罕见的，因而可以说，凭借其永恒的优势，太阳几乎在永远跟爱情角逐，它不停向前运动着，刚为房屋的一侧洒满金光，又准备为另一侧镀上青铜色；它用新天气洗掉旧天气，转动着四季沉重的大门。而其余的那些趋势则以不同的距离跟在后面，缓缓而行。我常常听到一种并非来自我的忧郁的嘘声，它从我的身后袭来，惊吓我，又向我抱怨。它产生于被剥夺的日常生活，要么是威胁着要让现实止步，要么是恳求让它归入遥遥领先的生机勃勃的环境。那种叫做灵感的东西就存在于这种回顾中。生活中那些较为浮夸的、无创造性的部分，由于落后得太远，所以需要特别鲜明地来加以认识。无生命之物往往产生更深远的影响。静物画的模特儿就是如此，这是画家们尤其喜爱的一个媒介。它们积聚在生机勃勃的宇宙的最远处，处于静止状态，却会使我们获得关于运动着的整体的最全面的理解，就像任何一种极限使我们感到像反差那样。它们的位置标志出一条边界，惊讶和同情在这条边界之外毫无用处。那里，科学在探寻着现实的原子成分。

然而，正因为没有第二个宇宙，可以让人粗暴地抓住现实的头发，把它从第一个宇宙中提起来，所以，当我们响应它的召唤，对它进行操纵时，只得采用它的象征符号，就像数量方面受单平面性所限的代数学所采取的办法一样。但是我总觉得这个象征符号只是无奈的办法，本身并不是目的。我眼中的目的，在于把象征符号从冷轴移向热轴，把过时的东西引上轨道，去追赶生活。我那时的结论与现在的想法没有多大差别，我认为我们把人当作象征符号，是为了在人的身上披上天气，把他们放在自然环境中。我们把天气，或者与天气毫无二致的大自然当作象征符号，是为了给它披上我们的激情；我们把日常生活拖进散文是为了诗歌；我们把散文引进诗歌是为了音乐。在最广泛的意义上，我把这称作艺术，世世代代所撞击的那只人类之钟所设定的艺术。

这就是为什么对城市的感受永远也不能与我所生活的地方相符的原因。心灵的压力总是把它抛向被描绘的视野深处。在那里，拥挤的云朵气喘吁吁，不计其数的火炉喷出的烟聚拢到一起，推开重云，横悬在天空。在那里，坍塌的房屋的门廊浸在雪中，仿佛一片排排停在码头的船。在那里，安静的酒鬼用吉他拨片拨弄着腐烂难堪、苟且偷安的生活；端庄持重的妇女在酒瓶边坐得太久，几乎被完全煮熟了，她们满脸通红地搀扶着摇摇晃晃的丈夫走出门来，淹没在夜晚马车夫的汹涌浪潮中，仿佛刚刚从热气腾腾的浴缸里出来，走进澡堂散发着桦树味道的凉爽的穿衣间。在那里，有人服毒自杀，有人在火灾中丧生，有人向情敌泼硫酸，有人身穿锦缎走向婚礼殿堂，有人去当铺典当裘皮。在那里，事物朽坏的秩序偷偷藏起微笑，彼此地交换着眼色，在那里，一群我辅导的留级生等着我来上课，他们摊开书本坐在那里，充分显示出愚钝的样子，像一棵棵番红花。那里还有一所灰绿色的半遭唾骂的大学，它那上百间的教室里时而嗡嗡一团，时而又安静下来。

教授们让眼镜片在怀表的玻璃表盘上一滑而过，然后抬起头，留意着莘莘学子们的动静，看着天花板的拱顶。学生们的头便脱离了他们上衣，好像成双成对地用长绳悬挂在绿色的灯罩旁边。

每天我都像是从另外一个地方来到这个城市似的，在休假的这段时间，我的心动过速感到愈加频繁。我去看医生，他判断我得了疟疾。然而对这种慢性病的急性暴发，奎宁是不管用的。我的这种怪异的冷汗是我们这个世界一贯的粗俗，和人们无法从内部控制的与生俱来的平淡无奇所引起的。人们生存，行走，好像是在摆姿势。如果把他们集中到一个居民点，假想有一架传播流行的宿命结局的天线立在他们中间，寒热病就是从这个臆想中的天线上降临的。这架天线杆射向另一极的电波产生了寒热。它与远处那根天才天线杆交流时，呼唤那里的某位新巴尔扎克到它的小村来。可是只要稍稍离开这根不祥的天线杆，短暂的平静霎时就会降临。

譬如说，我听萨文的课就不会忽冷忽热，因为这位教授算不得是个怪物，他讲课确有才气，这才气随着课程的发展而不断增长。时间并不抱怨他，它不急于从他的论点中挣脱出来，不急于跳过通风孔，一口气窜出门外。它没有把烟吹回烟道，也没有从屋顶逃离，迅速抓住飞驰在风雪中的有轨电车的车箱挂钩。不，时间一头扎进了中世纪的英国或罗伯斯庇尔的国民公会，不止我们心驰神往，同我们一样陶醉的还有大学教室所有高至屋檐的窗户里面可以想像为有生命的所有的东西。

我住在一间带家具的便宜的出租房里，身体一直都比较健康。同住的有几位大学同学。那时我教几位成年学生，没有一个人显露出才华。因为不敢奢望能够从任何来源获得回报，这就足以使老师和学生鼎力联合起来，共同去摆脱生活准备把他们钉在其上的那个死点。像一些被大学留用的教师一样，他们是名不副实的。小官吏和职员、工人、仆役和邮差都找我来上课，为的是有朝一日可以改变自己的地位……

置身于这些精力充沛的人们中间，我不会发冷发热。那时我的心境是少有的平和，常顺路去邻近的胡同。那里的兹拉托乌斯特修道院的厢房里住着一群花匠。在彼特罗夫卡零售鲜花的孩子们就是在这里买进各种各样的里维埃拉花卉的。批发商从尼斯[①]直接进口花卉，因而这里只需很便宜的价格就能买到

① 尼斯，地中海沿岸法国南部城市，位于普罗旺斯-阿尔卑斯-蔚蓝海岸大区。

名贵的花草。新旧学年交替的时候，我尤其会被他们吸引，在一个美好的夜晚我忽然发觉，我们已经在没有电灯的情况下上了很长时间课了。三月明媚的暮色越来越频繁地光顾我们上课的那些脏房间，后来下课时，光线甚至连在门槛上都不肯停留了。走出家门口，街道仿佛从地下钻出来似的，不像往常那样披着冬夜劣质的围巾，而是微微嚅动嘴唇在叙述一个枯燥的故事。沿着结实的路面，春风吹拂，发出沙沙声。好像披上一层真皮的巷子冷得瑟瑟发抖，等待着第一颗星星，然而贪得无厌的天空却以讲故事那样的懒散，令人难忍地拖延着星星的出现。

走廊里有一股难闻的气味，空箩筐一直摞到天花板。箩筐上贴满了外国邮票，邮票上盖着响当当的来自意大利的邮戳。房门打开时，一团白腾腾的热气冲出门外，门上钉的粗毡子呼呼直响，像有人急得不行要出来方便似的。穿堂对面，深处一个逐渐变矮的房间里，一群卖花小孩挤在一扇要塞式的小窗前，接过货物，点完数量后，把它们塞进箩筐。另一边，老板的几个儿子在一张宽大的桌子旁默默地拆着刚刚从海关领回的包裹。他们像翻开书本那样打开对折的橘黄色包装纸，露出里面芦苇编的盒子。冰凉的紫罗兰聚结在一起，取出来时已被压成了一团团的，像分层的风干了的蓝色玛拉加酒坯。这些花散发着醉人的芳香，溢满这间很像是看门人住的屋子，就连黄昏时分朦胧的光柱和投射在地上的阴影都仿佛变成了一块湿润的深紫色草皮。

然而，真正的奇迹还在等待着我。老板走到院落的尽头，打开石造贮藏室的门锁，抓起地窖盖的盖环。转瞬间，眼前炫目的景象让你恍惚觉得阿里巴巴和四十大盗的故事变成了现实！在干燥的地窖底部，亮着四盏如太阳般炫亮的扁球形闪灯。按颜色和品种分好类的红牡丹、黄雏菊、郁金香和银莲花，一簇簇地在大木盆里竞相斗艳，仿佛在同灯光势比高低。它们气喘吁吁，争先恐后地在比美。周身披着软刺的湿漉漉的茴芹，以意想不到的力量飘送出一股淡淡的幽香，冲掉了金合欢含花粉的味道。这时水仙散发出好像稀释得发白的烈酒的清香。可是在这场争奇斗艳的风暴里，还是紫罗兰的黑色小帽徽占了上风。它们是神秘的和半疯的，像黑多白少的眼珠，用冷漠超脱的态度施展着催眠术。它们那甜滋滋呛人的香气溢满了整个地窖，从地窖底部一直到宽阔的入口。这气味使人的胸口发闷，如同得了胸膜炎一般。它使人想起一种东西，随即又悄悄而去，愚弄着人的意识。看来，地球周而复始的概念，就是从春季的这些花香引出来的，关于得墨忒耳①的希腊神话的源泉也就近在咫尺了。

七

当时和以后很长的一段时间里，我把诗歌创作看成是一个不幸的嗜好，也没期望能创作出什么好的作品。有一个人，名叫谢·尼·杜雷林，那时就给我以赞许，支持我的写作。这是

① 得墨忒耳，希腊神话中的丰产、农林女神。

因为他有着前所未有的敏感。其他朋友几乎已视我为立稳脚跟的音乐家了，我对这些朋友精心隐藏了自己新的青春期特征。

然而，我却带着很认真的兴趣攻读哲学，因为我推测我未来事业的萌芽就在邻近哲学的某个地方。我们班的哲学课程及方法远不理想，那是过时了的形而上学和羽毛未丰的启蒙教育的奇特混合体。这两种思潮，为了和谐共处，都放弃了尚能属于它们的最后一点残留的思想。哲学史变成小说文学式的教义，心理学则退化成小册子派头的轻浮琐事。

年轻的副教授，像什列特、萨莫索诺夫和库比茨基等人，无力改变这种风气，然而年长的教授们也没有错，他们被当时那个年代必须把课讲得通俗易懂的要求捆住了手脚。参加者没有意识到，扫盲运动早在那时候就已开始了。在这种情况下，一些受这种教育的大学生只好努力自学，越来越迷恋好的大学图书馆。当年，学生们的好感分别给予了三个人。大多数人倾心于柏格森，而哥廷根的胡塞尔学派的拥护者则在什列特身上找到支持。马尔堡学派的追随者们没了领导人，他们自行其事，按照始于谢·尼·特鲁别茨柯依的个人传统，结成一个个偶然的分支团体。

年轻的萨马林是他们这一群人中的佼佼者。他继承了俄国历史中最优良的东西，与尼吉茨卡娅大街拐角处那栋大楼的历史有着不同层次的血脉联系。一个学期里他要去参加一两次某个讲习班的研讨会，就像一个独立生活的儿子在家庭团聚的午餐时间回到父母家里。这位又高又瘦的怪人一走进教室，便开始东张西望寻找座位，引得现场一片寂静，正在作报告的人也中断了发言，弄得他自己感到非常尴尬。最终，他沿着嗒嗒作响的木制台阶走到梯形听众席的最后一排，找个座位坐了下来。针对报告的讨论才开始，刚刚费了很大劲儿才被他拖到天花板下去的震人的咯吱声，又以焕然一新、变了形的形式降回到了最底排。萨马林会就报告中的一个失误，即兴引用黑格尔或者柯亨的论点，对报告者一通轰击，就像抛出一只球在巨大的木箱堆成的有棱角的台阶上向下滚动。他心情激动，吞音吐字有点含混不清。他天生一副大嗓门，带着那种从幼年到进坟墓都始终保持着的平稳的音调，分不出低声耳语和大声叫喊，并且发不出圆润的颤舌音，总是一下子就能让你猜出他的血统。后来，他从我的视野里消失了。在重读托尔斯泰的小说时，我才在聂赫留朵夫身上又发现了他。

八

特维尔林荫道上的那家夏季小咖啡馆没有招牌，大家都叫它 Cafe grec①。冬季它也照常开张，那时它的用途很让人费解。一天，并未事先约定，洛克斯、萨马林和我在那间四壁光秃的咖啡馆里相遇了。不仅那天晚上，恐怕整个冬季我们都是到那里去的唯一一批顾客。随着天气转暖，春天的气息弥漫开来，咖啡馆的冷清状况马上有了改观。萨马林走进来，在我们桌边刚刚坐稳，便高谈阔论起来，他还手持一块干饼干，当作合唱

① 法文，“希腊咖啡馆”。

队指挥的音叉，开始打破他的叙述的逻辑单元。大厅里贯穿着一段由肯定和否定无穷交替组成的黑格尔哲学。大概是我把选定的副博士论文题目告诉了他，使他从莱布尼兹和数学上的无穷论跳到了辩证法的无穷论。他忽然又谈到马尔堡市。这是我第一次听到关于该城市本身而不是有关学校的叙述。后来我验证过，关于这座城市的古老历史和诗歌，用别的方式来讲述是不行的。当时在通风机的哒哒声中，他迷人的描述使我感到非常新奇。突然他想起到这里来不是为喝咖啡的，而是坐一会儿就走。他惊醒了拿着报纸在角落里打盹的老板，在得知电话坏了之后，便一头冲出冰冻的椋鸟巢般的小咖啡馆，动静比他闯进来的时候还要大。很快我们也起身离开。天色已变，刮起的风狂卷着二月的雪珠，这些雪珠打着旋儿落到地上。在海上能见到类似的景象，钢索和鱼网就是这样一层层呈波纹状叠放在一起的。一路上，洛克斯几次提起他喜爱的司汤达，我则避口不答，扑面而来的暴风雪打得我张不开口。刚刚听到的关于马尔堡的描述令我久久难以忘怀。我很遗憾地认为，我大概会像看不见自己的耳朵那样，永远也看不到那座城市的。

以上是二月里发生的事。四月的一个早晨，妈妈告诉我，她靠积攒工资存下了二百卢布，她把这笔钱赠给我，并建议我到国外去看看。难以形容我当时的心情，感到又高兴又突然，还有受之有愧的感觉。这笔钱可是妈妈饱经辛劳弹钢琴积攒下来的呀。但是我没有拒绝的勇气。路线是不用选择的，那时候，欧洲的各个大学之间经常有联系，消息灵通得很。当天我就开始跑机关，带回一些文件，并且，从莫霍瓦亚大街还拿回几样宝贝——两个星期前马尔堡大学印刷的一九一二年夏季学期的详细课目表！我手执铅笔研究着这份课目表，无论是走路，还是在政府机关有栅栏的柜台前排队等候的时候，都舍不得放下。也许那些办事的秘书和官员老远就从我焦急的表情里感受到了我的幸福心情，不知不觉中不算复杂的手续很快就办完了。

我的出行方案自然是要十分俭朴的：火车要乘速度最慢的，买三等车票，到了国外，如有必要，甚至可以买四等票，住处要选在城郊的一个小村子里，伙食是香肠和红茶配面包。妈妈的自我牺牲让我必须以十倍的吝啬节省费用。用她的钱还可以去一趟意大利。此外，我知道，大学的入学费和各种讲习班、选修课的费用还将是一笔很大的支出。但是，当时即便有多达十倍的钱，我也不会改变我的计划的。我不知道我会把剩余的钱用在何处，但是世间不会有任何东西能把我诱上二等车，也不会使我在饭馆的桌布上留下什么油渍。我只是在战后时期才开始容许自己追求舒适和方便，而当时的条件让我顾虑重重，容不得我把任何装饰引入自己的房间，这样我的性格也就不能不暂时改变了。

九

家里面正是冰雪消融的时候。雪面冰层渐渐融化，蓝天的倒影在一块块水洼中飘浮起来，就像从透明描图纸下悄然浮现的一幅画。而此时在整个波兰，苹果树的花正在盛开。夏日的波兰是无眠的，从早到晚、从西到东散发着某种斯拉夫民族臆想中的浪漫成分。

柏林给我的印象是半大孩子的城市。他们在前一天得到了礼物：短剑和头盔，手杖和烟斗，真正的自行车和细腰长摆的成年人式样的礼服。我第一天出门就遇到了他们，他们还没有习惯自己身上发生的转变，却个个都因为昨天收到的礼物而神气十足。在一条漂亮的大街上，纳托尔波沃书店橱窗里的一本逻辑学教程吸引住了我。我走进去买了那本书，心里有一种感觉：我明天就能真正见到这本书的作者。在德国境内两天的路途中，我已度过了一个不眠之夜，现在第二个无眠的夜晚又来临了。

只有在我们俄国，三等车厢里才有折叠的高板床。在国外，要想少花钱旅行，就得在夜里受罪：很费劲地选到一条扶手公用的四人长凳，夜里打盹时互相直碰头。这次虽然有两条空的长凳任由我支配，但是我还是毫无睡意。只是偶尔，隔一段较长的时间，在经停站才能上来几个乘客，多半是大学生，彼此默默地点头致意后，他们便会很快进入温馨的梦乡。每到身边的乘客该更替的时候，带顶棚的站台前便会出现一座睡梦中的城市，古老的中世纪风情第一次展现在我眼前。像任何一种原型一样，它真实的样子是鲜明而惊人的。在旅途中，我把熟悉的名字从读过的书中一个个抽取出来，就像从历史学家打造的布满灰尘的剑鞘中拔出钢剑一样，铮铮有声。

火车像由十节铆接车厢组成的穿锁子甲的怪物，抻长了身子，向这些古老的城池飞奔。车厢间的皮革联接器鼓起来又松下去，像打铁用的风箱。车站灯火通明，啤酒在透明的酒杯里闪耀着光芒。低矮结实的滚轮带着卸空了的搬运车，沿着石铺的站台从容不迫地开走。高大的月台拱挤下，短嘴火车头的躯干汗涔涔地，大概是矮小的车轮开了个玩笑，在满负荷运转中意外停了下来，把这些火车头带到了这么高的地方。

他们六百年前的祖先从四面八方向着这寂静的混凝土站台鱼贯而来。被棚架的梁斜四等分的墙壁，也在活动自己沉睡的壁画，古代宫廷少年侍卫、骑士、嫔妃和红胡子的吃人生番拥挤在上面；在头盔的网格面罩上、圆筒形衣袖的接缝处和妇女腰带的十字紧衣绳上，方格状的栅篱纹饰随处可见。房屋紧贴着放下的车窗。我看呆了，躺在宽大的窗边，禁不住心醉神迷，发出一声激动的惊叹。那种感觉如今自然已时过境迁。天色依然很暗，野葡萄的枝蔓在粉刷的墙壁上勉强留下跳动的影子。当卷挟着煤炭、露水和玫瑰气味的暴风再次袭来，我突然感觉到流逝着的夜正在从我的掌心溜走，便赶紧拉上车窗玻璃，盘算起未知的明天。现在该说说我那次是到什么地方去和去干什么了。

才华卓著的柯亨创建了马尔堡学派，柯亨的前辈弗里德里希·阿尔伯特·朗格，以《唯物主义史》一书而闻名我国，为马尔堡学派打下了基础。马尔堡学派有两点使我折服：第一，它摒弃了一切学说的影响，以一片净土为基础，自成一派。它不赞同各种各样“主义”的惰性的墨守成规——这些“主义”总是抓住转手多次得来的材料，从中取得对自己有利、自认为是无所不能的知识，始终都是不学无术的，并且永远都是由于这样或那样的原因而不敢在历代文化的自由空气中重新审视自己。马尔堡学派不依赖于机械的术语，而是着眼于本源，即着眼于思想在科学史中所留下的真凭实据。如果说流行的哲学讲述的是这个或那个作家的所思所想，那么流行的心理学则说明一个普通人是怎样想的，如果说形式逻辑教给人们的是在面包铺里应该怎样思考，才免得让人家找错了钱，那么使马尔堡学派感兴趣的便是在二十五个世纪连续不断的著述中、在世界发明的紧张激烈的开端及结局中，科学是怎么思考的。在这样一种似乎被历史本身所认同的位置上，哲学从一门有问题的学科变成一门本来就应当如此的探究问题的学科，又恢复了年轻的活力，聪明得让人难以辨认。

马尔堡学派的第二个特点是由第一个特点派生出来的，那就是它对待历史遗产持有挑剔和苛刻的态度。这个学派对待过去不会采取那种令人生厌的迁就态度，就像姑息地对待一个养老院，里面是一小撮身着又长又大的衣服、脚穿平底凉鞋或头戴假发、穿着坎肩的老头儿在那里信口开河，并以科林斯柱型、哥特式、巴洛克式或随便什么建筑风格的古怪东西来为自己的判断作辩护。科学结构的同质性对于马尔堡学派来说，是与历史上人的解剖的同一性一样的定理。马尔堡学派精通人类历史，不厌其烦地从意大利的文艺复兴、法兰西和苏格兰的唯理论和其他尚未研究透彻的各种学派的文献中拖出一件又一件珍宝。马尔堡学派用黑格尔的双眼来看历史，绝妙地对历史进行概括，同时又不超出合理的近乎真实的限度。比如，这个学派从不谈论世界精神的发展阶段，而是评论伯努利家族成员间的往来信件，因为它同时知道，任何一种思想，不管有多么久远，只要事情触及到它并且要用它来解释时，都必须完全允许我们进行逻辑上的讨论。否则，我们就会对这个思想失去直接兴趣，它也就会成为考古学家或者探讨服饰、习俗、文学、社会政治思潮等问题的历史学家的研究对象了。

独立思考和历史主义这两个特征都说明不了柯亨体系的内涵。我不准备谈这个体系的实质，然而，这两个特点却说明了它的魅力，体现了它的独特性，也就是说，它在对部分当代意识具有现实意义的传统中占据着活跃的位置。

作为当代意识的一分子，我朝引力中心疾驰而去。在一个雾气迷漫的早晨，火车钻出森林，穿过哈尔茨山脉，让千年古城戈斯拉尔像中世纪的煤矿工人似的一闪而过。再过一会儿，哥廷根也飞驰而过。沿途城市的名字越来越响亮了。飞跑中的火车把大部分城市丢在身后，绝不俯身停下。这些陀螺一样一个个向后滚走的城市，我还是在地图上查到了它们的名称。有些城市周围升腾起久远的逸闻趣事，如卫星围绕着天体一般，绕着城市作周而复始的旋转运动。有时，地平线会像《可怕的复仇》里描绘的那样扩展开来，一些城市和城堡的土地上就会升腾出数道雾气，像乌云翻滚的夜空。

十

在开始远行的前两年，“马尔堡”三个字是我从不离口的。任何中学课本中关于宗教改革的章节都会提到马尔堡。甚至在

《纽带》杂志为儿童出版的一本小书中，也谈到十三世纪初被葬在马尔堡的那位匈牙利的伊丽莎白公主，任何一本布鲁诺传记都会谈到他那段从伦敦返乡的不祥的旅途，沿途他在许多城市里讲过学，其中有一个地方就是马尔堡。与此同时，尽管并不离谱，在莫斯科时我却从未想到，我刚才提到的马尔堡同激励我吃力地啃导数表和对数表并从麦克劳林的公式一下跳到我最终也没有理解的麦克斯韦定理上去的原因之间会存在什么同一性。当我提着皮箱，走过骑士旅馆和邮政局旧楼时，我才第一次体会到两者之间的同一性。

我向后仰着头，气喘吁吁地站在那里，眼前耸立着一个令人目眩的高高的斜坡，坡上分三层依次排列着马尔堡大学、市政厅和一座八百年的古堡的石头建筑。仅仅迈出几步，我便已不知身在何处。我想起，我与世界其他部分的联系遗忘在车厢里了。现在这种联系连同挂钩、网袋和烟灰缸一起，再也无法追回了。钟楼的大钟上空飘着悠悠的轻云。云彩似乎很熟悉这个地方，然而它们对我却什么也不讲。看得出，它们像这个巢窝的守护者，从未离开过这里。到处是一片正午的寂静。这寂静与下面的平原的寂静接续在一起。上下两片寂静好似在为我的发呆做总结。上面与下面的寂静通过丁香花醉人的芳香互通信息。鸟儿啁啾，似乎在等待着什么。我几乎没有注意到行人。纹丝不动的屋顶好奇地观望着这一切的结局。

街道上哥特式的侏儒紧贴在陡坡上。房屋鳞次栉比，一个高过一个地排列着，从房屋的地下室可以望见邻近房屋的顶层。狭窄的街路两旁充塞着奇妙的盒式建筑。越往上越宽的楼层平铺在突出的原木上，它们的顶板几乎相连，彼此在小街上空伸出手臂。街上没有人行道，不是哪里都能顺利通行的。

我忽然想到，罗蒙诺索夫曾在这些街道上辗转了五年，但是此前的那一天，当他怀揣着莱布尼兹给他的学生赫里斯蒂安·沃尔弗的一封信，初次来到这个城市的时候，却是一个人也不认识的。自那天起，这个小城并没有什么变化。仅这么说还是不够的，要知道，即使在当年，它也是一个出人意料的又小又古老的城市。只须回头一顾，你便会感到大吃一惊，因为转瞬间你正准确地重复着很久以前的某个人的动作。就像罗蒙诺索夫的时代一样，散落在脚旁的密集的灰蓝色石棉瓦房盖，使这座小城很像一大群着了魔的、热闹地飞向饲料槽轮班觅食的鸽子。我重复着二百年前属于别人的颈部肌肉动作，我颤抖了。当我恢复了平静，才发觉布景已经变成现实，便动身去寻找萨马林给我介绍的那家便宜的客栈了。

第二章

一

我在城边租了一个房间。那栋房子位于吉森公路边上的最后一排。公路旁种着栗树，树木仿佛听从口令似的肩并肩依次站成长排，并在我们这个地方开始偏向右边。公路向古老小城所在的阴郁山坡瞥了最后一眼，便消失在树林背后了。

房间有一个很糟糕的凉台，正对着邻家的菜园。菜园里立着一个从车轴上卸下来的废旧的马尔堡有轨马车的车厢，如今已变成了鸡笼。

房间是一位官吏的老遗孀租给我的，她和女儿生活在一起，两人靠微薄的抚恤金度日。她们长得一模一样。正像一般患了巴塞杜氏病[①]的妇女那样，她们总会中途截断我投向她们衣领部位的贼溜溜的目光。每当这种时刻，我的眼前就会浮现出儿时玩的气球，小耳朵似的气球嘴儿揪成一个结，然后紧紧扎住。我想她们可能猜到了我的心理。

---

① 巴塞杜氏病，即甲状腺机能亢进症。

普鲁士的旧虔诚派用她们的眼睛凝视着这个世界，而你想把手放在她们的喉咙上，从她们的眼中释放掉一点空气。

然而，对于德国的这部分地区来说，这类人并不具有代表性。这里占上风的是另一类人，即中部德国类型的人，对南方和西方、对瑞士和法国的存在的最初怀疑，甚至偷偷溜进了他们的性格。面对窗外生长的谜一样的绿树丛，翻阅法文版的莱布尼兹和笛卡尔著作是再合适不过的了。

那个古怪的鸡笼紧挨着一片田野，向田野的后面望去，便是奥凯尔斯考金村。这里是长长的禾捆干燥棚、长长的大车和健壮的拜雪龙重轭马的一个长长的宿营地。沿着地平线有另外一条路从那里伸向远方，进入马尔堡市以后，它便称作“Barfusserstrasse”① 大街了，中世纪时，人们把方济会的苦修者称作赤脚修士。

每一年的冬天大概都是沿着这条路进入城市的。从阳台朝那边望去，可以有许多相关的想像进入脑海：汉斯·萨克斯；三十年的战争；持续数十年而非几个小时的历史灾难，引人入梦而不是激动人心；冬天，冬天，又一个冬天，仿佛吃人怪兽打个哈欠，一个荒芜的世纪过去了。在遥远的天空下，在蛮荒的哈尔茨山区出现了首批新的居民点，它们的名称叫做 Elend、Sorge② 等等，像黑乎乎的火灾废墟。

屋后，以某种角度流过的是兰河③，它下面潜藏着灌木丛

---

① 德文，“赤脚修士”。

② 德文，“贫困、忧虑”。

③ 兰河，莱茵河右岸支流，流经德国中部的马尔堡。

和倒影。河对面有一条铁路线蜿蜒而过。每当夜晚，厨房里酒精炉低哑的嘶嘶声总会被铁路边机械铃高频率的铛铛声所淹没，铃声一响，铁道口的横杆就会自动落下。与此同时，在黑暗中会闪出一个穿制服的人，迅速用喷壶喷洒道口，以防尘土飞扬。就在这一瞬间，火车便会上下左右猛烈颠簸着飞驰而过。鼓型车灯的光束直射到主人的锅灶上。锅灶上的牛奶经常煮糊了，溢出来。

对岸的星光滑落到兰河油光光的水面上。奥凯尔斯豪森村里刚刚赶来的牲口直叫唤。山坡上的马尔堡像演戏似的脸上泛起了红晕。假如一切能够再现，格林兄弟还能像百年前那样来到此地跟随法学家沙维尼学习法律，他们一定还能满载搜集到的童话故事离开。我确信大门钥匙带在身上，就出发进城了。

城里的老住户已经入睡，迎面遇到的都是大学生，大家好似在上演瓦格纳的歌剧《名歌手》。白天就已经拥挤得像布景的房子，现在显得更加亲近了。小胡同上方架设在墙上的吊灯，只能从这堵墙到对面的墙壁，除此之外再没有可以自由活动的地方了。它们用尽全力照射着下面的声音，为逐渐远去的隆隆脚步声和响亮的德语爆破音涂上了百合花般的光泽，似乎电灯也很熟悉当地的传说故事。

很久很久以前，大约在罗蒙诺索夫[①]时代以前五百年的时候，公元一千二百三十年，一个普普通通的新年之际，从上面

① 罗蒙诺索夫，俄国百科全书式的科学家、语言学家、哲学家和诗人，被誉为俄国科学史上的彼得大帝。

的马尔堡城堡，一个真实的历史人物——匈牙利的伊丽莎白①走下了山坡。

那是多么遥远的事情，假如我们能靠想像力回到当年，那么在降临的地点便会扬起一阵暴风雪，遵循着被征服的无法逾越的法则，这暴风雪是因气候变冷而产生的。那里，黑夜即将来临，山岗将被森林覆盖，森林里将有野兽出没，而人类的风俗习惯将被披上一层冰冻的外壳。

死后三年被尊为“圣者”的伊丽莎白有一位忏悔神父，他是个专制的、没有想像力的人。这位冷静的实际主义者看到，残酷折磨使她的忏悔人处于欣喜若狂的状态。在寻找真正能使她感到痛楚的那种痛苦时，他禁止她帮助穷人和病人。于是历史就开始具有传说的性质了，据说，她无法做到这个要求。据说，为了洗清她违犯戒律的罪名，暴风雪在她去山坡下的城市的路上用身躯掩护住她，在她夜行期间把面包变成了鲜花。

当虔诚的信徒太过执著于自己的修行信念，有时候大自然都不得不违背一下自己的规律。自然法则受到感召表现出奇异的行为，这不算什么。在宗教主宰的时代，这就是真实性的准则。我们有我们自己的法则，但是在面对决疑法时，大自然不会停止对我们的保护。

越是靠近马尔堡大学，下坡的小路就变得越来越弯曲和狭窄。建筑正面在时代的炉灰中都像马铃薯一样被烤熟了，其中

① 圣女伊丽莎白，一二〇七年出生在匈牙利，因为政治联姻，被母亲从匈牙利带到德国图林根州，二十岁那年，丈夫路德维希即图林根州的领主去世，从此专注于慈善与侍奉上帝，一二三一年，二十四岁的伊丽莎白因操劳过度去世（一说是由于康拉德的折磨），后被教皇封圣。

一个有一扇玻璃门。门后是一条走廊，通向北面的一个悬崖。那里有个平台，上面放置着一张小桌，到处都安了灯。平台高悬在低地上方，这块低地当年曾给伯爵之妻带来那么多麻烦！从那时起，坐落在伯爵夫人深夜潜行之路上的小城，便以十六世纪中叶的样子定格在山坡上。这块搅乱了她内心平静的低地，曾迫使她违犯戒律，如今仍旧上演着奇迹，并且正迈着大步跟着时代向前。

低地散发着夜晚的潮气。那里整晚传来钢铁撞击的声音，铁路侧线上，火车汇聚，然后各奔东西，前前后后地辗压着地面。有件东西带着噪音降下又升起。大坝前轰隆隆的水声从晚上直到清晨一直保持着震耳欲聋的音调。锯木场刺耳的锯木声以三度音程应和着屠宰场里牛的嚎叫。有件东西一直不停地在爆裂和发出白光，放出蒸气，并翻转过来。有件东西来回移动，并遮着一层染上色的烟。

咖啡馆的常客是一些哲学家。其他人有自己的去处。格某某和拉某某以及几位德国人正在平台上坐着，他们后来都在国内或国外成了教授。在一群丹麦人、英国女人、日本人和其他从世界各地来到此地师从于柯亨的人中间，传来一个熟悉的、富于感染力的动人的声音。他是来自巴塞罗那的律师、施塔姆勒的学生、不久前那场西班牙革命的活动家，在这里学习已是第二年了，正在给朋友朗诵魏尔伦的诗作。

这里的人我大多都认识，所以并不感到拘谨。我已应承下两件事，一是要向哈特曼汇报我学习莱布尼兹理论的情况；另一件是向校长汇报我对《实践理性批判》一书中一篇的理解。

当时我正在惴惴不安地为汇报的日子做着准备。我早就在心里猜想了校长的形象，但在初次见到他时，这一形象却远非如此。然而这一想像中的形象在我体内已成为一个自由独断的存在，当我这个新学生怀着疯狂的虚荣心，猜测是否会获得他的关注并且被他邀请去家里吃周末午餐时，它就会相应变化，要么沉入我无私赞叹的底部，要么浮上表面。若真能实现以上所说的，便会抬高我在周围人心目中的评价，因为这标志着自己在哲学界的前程有了一个新的起点。

在他身上我了解到，一个伟大人物传达一个伟大的内心世界时是那样具有戏剧性。我熟知，这位戴着眼镜、头发蓬松的老头儿会仰起头，向后退着步，讲述希腊人的永生观念，然后他又会在空中用手指着马尔堡市消防队的方向，开始描述极乐世界的形象。我也知道，他会在另外某种场合，温柔地走近康德前的形而上学，柔情细语地跟它调情，突然又抬高嗓门，引用休谟的话大声斥责它，使它很难堪。而后他会连咳几声，在一段较长时间的间歇后，用疲倦、平和、慢悠悠的长音说："Und nun, meine Herrn...[①]"——这就意味着对一个时代的谴责已经完毕，演出已经结束，可以转向课程本身了。

此时，平台上几乎没几个人了。电灯都已陆续熄灭，晨光已经熹微。我们凭栏俯瞰，确信夜间的低地已不复存在，取而代之的风景根本不知道之前有过那样一段夜景。

① 德文，"各位，现在……"。

二

这时，弗家姐妹来到了马尔堡，她们是富家闺秀。我在莫斯科读中学时就跟姐姐是朋友，不定期地给她上过课，具体讲过什么都已模糊。莫不如说，我的这家邻居是在为我的闲聊付钱。

一九〇八年春，凑巧我们两人都中学毕业，于是在我在备考的同时，也帮助弗家姐姐复习功课。

我复习的重点，多半是当年我在课堂上轻率地错过的课程。我通宵复习，时间还是不够用。可我还是抽空去给姐姐上课，也不注意选择时间，多半是在黎明的时候去。因为不同中学的考试要求不一样，她的课程与我的总是有所差别。这种混乱的情况使我的复习节奏更加复杂。但是，对此我并不在意。我对弗家女孩儿的感情自我十四岁那年就已产生，不算新感情了。

她是一位漂亮可爱的姑娘，很有教养，自幼年起就得到法国老管家的娇惯与宠爱。这位法国老太太比我更清楚，天刚亮，我就会从外边给她心爱的姑娘带来几何学，这几何学与其说是欧几里得几何学，不如说是阿伯拉尔几何学。她快活地跟我们道出自己机敏的观点，上课期间一直不离开我们。我暗中感谢她的干涉，有她在场，我才能抑制住自己的感情。因此对这段感情我既没有机会评判，也没有遭受到审判。我已经是十八岁的人了，凭内在的积累和教养，我是不会也不敢放纵我的感情的。

在一年中的那样一个季节，人们会在盛满开水的容器里溶化开染料，到处都堆满积雪的花园悠闲地晒着太阳，它们蓄积了静悄悄的、清亮亮的水。花园外面，栅栏那边，沿着地平线站着一群园丁、白嘴鸦和钟楼，它们一昼夜要交换两三次看法，声音大得惊动全城。湿润润、毛茸茸的灰色天空紧贴在小气窗的窗扇上。天空还充溢着残留的夜色。它几个小时都在沉默着，沉默，沉默……可是忽然间会把轰隆隆的大车轮子声卷进屋来，这声音又会突然停止，似乎有个操纵杆在作怪，好像这辆大车除了从马路钻进通气小窗之外，再没有其他事情可做，因为它已没什么东西可以拉的了。空荡荡的寂静显得愈加神秘了，它泉涌般灌进被声音撞出的洞口。

不知为什么，这一切是以教室里一块儿尚未擦干净的黑板的形象印刻在我的记忆中的。如果那时有人让我们停下，把黑板擦得湿漉漉的，闪着光，然后不再写等积锥体的定理，而是工工整整地用粗笔写出我们两人眼前要面对的问题，啊，我们可真要不知所措了！

这个想法从何而来，又怎么会在此时此地出现在我的脑海呢？

因为此时正值春天，寒冷的半年时光已大致被驱逐走了。湖泊和水洼像没有挂上的圆镜子，镜面朝上躺在大地上，昭示着广袤的世界已经腾出空间，准备出租给新住户了。因此，很早就有这样愿望的第一个人应当有权利拥抱和享受人生。因此我爱着弗家姐姐，因此，当前已有关于未来的明显迹象，而人的未来就是爱。

三

然而，世间有那种所谓的对待妇女的高尚态度。我想简单说一下。有这样一种巨大的效应圈，常导致少年去寻短见。这是一大圈幼年的想像、童年的曲解、少年心理上的如饥似渴，一大圈克鲁采尔奏鸣曲和为反驳克鲁采尔奏鸣曲而谱写的奏鸣曲。我曾进入过这个圈子，并且很丢脸地在那里逗留了很久。这到底是怎么回事呢？

这个圈子很折磨人，除了伤害，你从它那里什么也得不到。然而你永远摆脱不了它。所有载入史册的人都将走过这个圈子，因为这些奏鸣曲是不折不扣的精神自由的唯一发端。谱写这些乐章的不是托尔斯泰们和魏德金德们，而是大自然借他们的手表达出来的。正是在他们的相互矛盾中大自然的构思才得以丰满。

爱是以阻力为材料构筑的堤坝，它把事实与臆想分离开，它像关注世界的完整性一样关注自己的持久性。它的癫狂、异常夸张的特征就在于此。可以这么说，它迈出的每一步都是小题大作。

但是，很抱歉，这些大作品确实是它创造出来的啊！据说，这是它主要的营生。也许这是一句空话？那么物种史呢？人类姓氏史呢？要知道，它正是在这里，在生物演化的开启阶段、在它蓬勃着骚动不安的想像力的堤坝旁创造出大作品的啊！

既然如此，能不能说我们在童年时期就会夸大其词，我们的想像力会陷于紊乱，因为在这个时期，大自然会拿我们小题大做吗？

大自然抱定着“只有几乎不可能的事才是真实的”这一哲学理念，把一切生物的感情弄得极端复杂。它用一种方式使动物的感情变得复杂，又用另一种方式影响植物。在它对我们赋予复杂情感这一现象中，表明了它对人类具有很高的评价。它并非通过赋予我们不由自主的灵巧机敏，而是通过一种它认为对我们绝对有效的非常能量才使我们的情感变复杂的。它使我们感觉到我们身上具有苍蝇般的庸俗，越是远离苍蝇，我们每一个人越是能强烈体会得到这种感觉。安徒生在他的《丑小鸭》里对这一点作了天才的表述。

任何一部关于性的作品，正像“性”这个词本身，都散发着一种讨厌的庸俗气味，而这正是这些作品的使命。正是在这种令人生厌的表象里，这些作品才适应了自然，因为大自然和我们的联系正是建立在对庸俗的恐惧之上的，而任何非庸俗的东西都不会补充大自然控制我们的手段。

无论我们的思想提供何种关于这方面的材料，这份材料的命运是掌握在大自然手中的。大自然会借助从它自身整体中调拨给我们的一种本能一直来操纵这一材料，教育家们为使自然界变得轻松而做出的全部努力却通常加重了自然的负担，这是应该如此的。

说它应该如此，是为了让感情本身具备克制力，不是克制这种慌张，就是克制那种惊慌，至于何种龌龊之事或愚蠢行为会构成障碍，则无关紧要。导致生命受胎的运动在宇宙所知的事物中是最纯洁的。这个生生世世一直无往不胜的纯洁性，相比之下足以使非纯洁的东西散发出无比的肮脏秽气。

还有艺术，它关心的不是人，而是人的形象。人的形象要比人高大。形象只能产生于运动之中，并且不是任何运动都可以产生的；这一形象只能产生于小题大做的过程中。

当我们发现诚实的人只是讲述真理，他是在做什么呢？在他讲述真理的同时，时间也在流逝，生活会继续向前。他的真理会落后，成为一种欺骗。需要这样吗？人用得着随时随地这样说话吗？

瞧，在艺术中，他终于被缄口了。在艺术中，人被封了口，是形象在说话。这表明只有形象才跟得上大自然的各项成就。

俄文里“撒谎”更多指的是胡说些无用的东西，而不是骗人，从这个意义上看，艺术就是在撒谎。它的形象拥抱生活，但却不寻求观众。它的真相不表现出来，但却能无止境地发展。

只有艺术在时代的绵延中不断地讲述着爱，同时又不受本能的支配去充当使感情复杂化的补充手段。在超越了新的精神发展的屏障之后，一代人没有抛弃抒情的真理，而是保留住了它，因而从很远的距离之外就可以想像，正是伴随着抒情真理的世代相传，逐渐形成了人类。

这一切非同寻常，这一切很难捕捉。

情趣指导德行，而力量指导情趣。

四

姐妹俩在比利时避暑。她们间接听说我在马尔堡。此时她们被召往柏林去和家人团聚，途中她们决定顺路来探望我。她们下榻于最老的城区中一家最好的旅馆。同她们一起度过的三天里，我们形影不离。这三天很不像我平日的生活，简直跟过节一样。我不停地给她们讲述些什么，她们咯咯的笑声和偶尔路过者理解的表情都令我陶醉。我会带她们去什么地方转转。大学讲堂里也能看到她们和我在一起的身影。可她们离开的一天还是来到了。

离开的头一天晚上，餐厅侍者在摆设餐桌时对我说；“Das ist wohl ihr Henkersmahl, nicht wahr?”①

第二天早晨，我走进旅馆，在走廊里遇上了妹妹。她瞥了我一眼，意识到有什么事要发生，就没有跟我打招呼，退回了自己的房间，锁上了门。我走进姐姐的房间，心情异常激动，对她说不能再这样下去了，我请求她决定我的命运。此时除了急迫的请求，没有别的。她从椅子上站起来，面对着我明显向她逼攻的激动情绪直往后退，靠在墙根，她忽然想起，世间有个一次性结束这一切的好办法——于是，她拒绝了我。很快，走廊里传来了嘈杂声，这是从隔壁房间往外拖行李箱的声音。

① 德文，“吃最后一顿晚餐吧，要知道您明天就要上绞架了，不是吗？”

接着，有人敲了敲我们的门。我很快恢复了常态。该去火车站了。到车站步行只需五分钟。

到了火车站，我完全丧失了告别的能力。我意识到只跟妹妹告了别，还没跟姐姐道别时，从法兰克福开来的特别快车已缓缓驶进站台。车几乎还没停稳，乘客们便快速登了上去，火车又很快地开走了。我跟着火车一直跑到站台尽头，快速助跑后，顺势跳上了车厢的踏板。沉重的车门还没有关死，怒不可遏的列车员拦住了我的去路，同时抓住我的臂膀，以防止我因他们所认为的理由感到羞愧而寻短见。我的那两位姐妹从车厢里跑出来，赶忙来营救我，往列车员手里塞钞票给我补了票。他饶过了我，我便跟着两姐妹走进了车厢。我们一路向柏林飞驰。那个几乎中断的童话般的节日又得以延续，火车风驰电掣的运动和因为我刚刚经历的一切而带来的极乐的头痛，都使得它的乐趣大增。

我在火车行驶时跳了上去，只为向姐姐说一声再见，但此时我把这件事忘得一干二净，又是在已经迟了的时候才想起。没等到我清醒过来，白天已过，夜晚来临了。柏林站台上响动很大的顶棚把我们压向地面，遮住了我们。应该有人来接姐妹俩。在那么伤感的状态下，我很不希望有人来，看到我和她们在一起。姐妹俩说我确实已经和她们道过别了，只是我没注意到罢了。我消失在车站上在气态的喧闹中拥挤在一起的人群之中。

夜晚，下着恼人的濛濛细雨。我和柏林毫不相干。开往我那个方向的最近一趟火车要等到早晨才出发。我本可以在车站等候那趟车，可是，我发现我无法留在人群中。我的脸在抽搐，我的眼睛始终充满了泪水。最后一次道别的机会终成泡影，我的渴望没有得到满足。这本来好像急需一个华彩乐段将令人苦恼的音乐彻底动摇，用最后一个强烈的和音把它一下子远远打发掉，可是我却得不到这种解脱。

夜晚，下着恼人的濛濛细雨，车站前的柏油路面上，跟站台上一样雾气弥漫。站台上嵌在铁罩里的玻璃圆屋顶就像套在网兜里的一只大皮球。马路上传来阵阵好似碳酸气爆炸的啪啪声。周围的一切都笼罩着纷扰的雨意。我是在很突然的情况下离开家门的，既没有穿大衣，也没有带东西，更没有带证件。各家旅馆都礼貌地推辞说他们人满为患，用一样的眼光把我拒之门外。但我终于找到一个落脚的地方，我的简陋行装并没有形成障碍。这是一个最下等的房间。屋里只剩下我一个人，我侧身坐到窗前的一把椅子上。旁边是一张小桌子，我把头垂在桌上。

我为什么要如此详细地描述我的姿势？因为这个姿势我保持了一整夜，一动未动。间或，好像什么东西触碰到我，我便抬起头，拿墙壁做点什么，那面墙在黑暗的天花板下砌得歪歪斜斜的，我像使用一把尺子一样，用自己视而不见的全神贯注的目光自下而上地测量着它。于是我又开始抽泣，又把脸埋进手里了。

我之所以能如此准确地描述我身体的姿势，是因为清晨在飞驰的火车上，我就是以这个姿势坐在梯蹬上的，因而它留在了我的记忆中。打个比方，这是从某个高大的东西上跌落下来的人的姿势。这东西曾长久地支撑着他，然后丢掉了他，从他的头顶呼啸着掠过，在转弯处永远消失了。

我终于站了起来。我环视了一下房间，推开了窗户。黑夜终于过去了，雨仿佛以雾气烟尘的姿态停留在半空中。很难说清雨是正下着还是已经停了，住宿费是预先付过的。前厅里空无一人。我没有跟任何人打招呼，便离开了客栈。

五

这时我才注意到那些开始发生的事，或许这些是早就发生了的，只是被我最近的经历和类似一个成年人啜泣的丑态遮蔽着。

我周围的一切都发生了变化。前所未有的体验进入了我的现实生活。清晨认出了我，这次出现后，它好像要留在我身边，永不离我而去。

雾气散了，预示着今天将是个大热天。城市慢慢开始活动起来了，托架车、自行车、厢式货车和火车开始滑往各个方向，它们上方蜿蜒着一股股看不见的气流，那是人类的规划和渴望。它们冒着烟，向前运动，载着不言自明的紧压在一起的寓言。飞鸟、房舍和家犬、树木和马匹、郁金香和行人变得比我小时候所熟悉的要低矮和不连贯。我体会到人生的简练含意，它穿过街道，拉住我的手，带着我走在人行道上。我比任何时候都不配与这广阔的夏季天空之间拥有兄弟般的情谊。但是目前还不是谈这个的时候。暂时我的一切行为都能得到谅解，将来我会在某处努力报答清晨对我的信任。周围的一切都可靠得使人目眩，就像是一条法律，依照它来借贷绝不会使你欠债。

我很容易买到了票，然后在车厢里就座。没等多久，火车就开动了，这样，我又从柏林向马尔堡飞驰。但这次和上次不同，我是在白天乘车，有准备，并且此时我已是另一个人了。我这次能够方便地乘车，是用了向弗家姐妹借来的钱。我在马尔堡住的那间屋子的景象也不时地浮现在我的眼前。

我的对面，背对着火车前进的方向，几个人吸着烟，身体随车摇晃着。一个人戴着夹鼻眼镜，它几乎要从鼻梁滑到越贴越近的报纸上去了。另一个是林业局的官员，肩上背着一只猎袋，网兜的底部放着一支猎枪，另外还有几个人。他们使我感到拥挤，但没有超过浮现在我脑海中的马尔堡房间。我的沉默对他们起着催眠作用。我间或有意地打破我的沉默，以便检验它影响大家的力度。周围的人体谅我的沉默。这一路它伴我而行，我像大人物的随从似的跟着它，穿着它的制服，依照自身的经验，这制服是每个人都熟悉和喜爱的样式。否则，我的邻座乘客就不会对我报之以无言的同情了，尽管与其说我在同他们交流，不如说我是在客气地藐视他们；与其说我是和大家坐在一起，不如说我是在不摆姿态地装腔作势。包厢里友爱和敏感的气息比香烟的烟气和火车喷出的蒸汽还要浓。一些古老的城市一掠而过，我的马尔堡住房里的摆设不时出现在我的脑海。这到底是什么原因呢？

两姐妹来到前约两个星期，发生了一件微不足道的小事，但对于我来说却相当重要：我在两个讨论会上做了报告。报告很成功，受到了称赞。

大家说服我再详细展开一下自己的观点，并在夏季学期总结时再作一次报告。我采纳了这个主意，并以双倍的热情开始了准备工作。

但正是从我对工作的这种狂热，阅历丰富的旁观者立即会判断出我是永远也当不成一位学者的。我对科研的付出要远远大于学科本身的需要。我身上有某种植物型思维，即任何一个平常的概念都能在我的阐释下无限展开，并开始要求得到更多的营养和照料，当我在它的影响下去查找书籍时，并不是出于无私的求知欲，而是为了寻找对它有利的引文。虽然我的作品是借助于逻辑、想像、纸和笔来完成的，但我最喜欢它的地方在于，随着写作的过程，它集中了越来越多的书籍引文和对比。由于时间所限，有时我不得不放弃摘录，而是在需要展开的地方加上作者的名字，那么，此时我作品的题材就具体化了，并且变得一迈进房间的门槛就能够用眼睛观察得到。它伸直身子横在房内，类似树状蕨类植物的叶子紧贴在桌子、沙发和窗台上。把它们拆散就意味着中断我的论证进程，把它们全部清除就意味着把尚未誊写的手稿付之一炬。女房东被告诫绝对不许动它们，因此我的房间最近没有人收拾过。在返回马尔堡的途中，想像到我的房间时，说实在话，我感觉看见了我的有血有肉的哲学及其大概的未来。

六

到了马尔堡，我都认不出它了。山长高了，有些内陷，城市消瘦了，变黑了。

女房东给我打开门，从头到脚打量了我一圈，然后对我说，今后遇到这种情况最好事先通知她和她的女儿。我回答说，我遇到了紧急的事必须到柏林去一趟，因为来不及回家，就没能提前通知她们。她又嘲笑地看了我一眼，我这么快就回来，行装简单，就像是夜间出去玩儿了一样，说是从德国另一端回来，这理由超出了她能理解的范围，她觉得我的话是拙劣的谎言。她一直在摇头，并递给我两封信，一封是封着的，另一封是本地的明信片。封装的信是彼得堡的堂姐寄来的，她突然去了法兰克福，告诉我说就要去瑞士了，在法兰克福逗留三天。明信片的三分之一空白处写满了没有个性的工整的字，这是柯亨亲笔写的，字体我非常熟悉，在学校的通知栏上见到过。明信片的内容是邀请我于本周日去他家吃午饭。

我和女房东用德语进行了一番谈话，内容大致如下："今天是星期几？""星期六。""我不喝茶了，对，别忘了，明天我要去法兰克福，拜托您早晨叫醒我，我要赶第一趟火车。""但是，如果我没错的话，三品文官[①]先生不是请您……"

① 指柯亨。

“没关系，来得及的！”“但这是不可能的。三品文官先生家正餐入座时间是十二点，可您……”她对我这样关心已近乎失礼了。我看了一眼老妇人，用眼神表示会意了，便走回自己的房间。

我心不在焉地坐到床边，连一分钟都不到，便克服了不必要的遗憾情绪，走进厨房，抓起刷子和小撮子。我脱掉夹克，挽起袖子，开始清理那盘枝虬节的植物。半个小时过去了，我的房间已变得像我刚来时那样整洁了，就连那些书也没有破坏它的整洁。为了等将来去图书馆还书的时候随手就能拿走，我仔细把书捆成四捆，然后用脚推到床下靠里边的位置。这时，女房东来敲我的门，她是来告诉我在时刻表上查到的明天准确的发车时间的。看到屋内的变化，她整个人呆住了，然后突然抖动着裙子、短衫和头饰，像一团球状的羽毛似的迎面向我飘过来，那样子僵硬而激动。她拉住我的手，呆板而激动地祝贺我的劳动成果。我不想再次扫她的兴，就把她留在她那高贵的错误认识里。

然后我洗了脸，边用毛巾擦脸边走到阳台上。已经是入夜时分，我擦着脖子，远眺着连接奥凯尔斯豪森村与马尔堡的那条路。我已记不起来初到的那天晚上，我是怎么望着那条路的了。结束了！结束了！哲学结束了，也就说是关于哲学的一切想法都结束了！

就像火车包厢里我的那些邻座乘客一样，哲学也不得不承认，所有爱情都是转入新信仰的通道。

七

奇怪的是我当时没有回国。马尔堡的价值在于它的哲学学派。我再也不需要这些了。不过，马尔堡另一方面的价值显示出来。

有一种创作心理学即诗学问题存在着。与此同时，整个艺术中被人最为直接感受到的，正是其起源，对它无需作什么猜测。

我们不再感知现实了。现实呈现为一种新的范畴。这种范畴在我们看来是属于它本身的，而不是属于我们的一种状态。这种状态以外，世上的一切都有名称，没有名称的新事物只有一个，我们尝试着为它命名，于是就产生了“艺术”。

艺术中最明显、最易于记忆而且最重要的是它的起源。世间最优秀的作品描述着各不相同的事件，实际上是在讲述着自己的诞生。就在我叙述的这段时间里，我第一次充分理解到了这一点。

虽然我向弗家小姐倾吐感情丝毫没有使我的状况有所改变，可是却意外地给我带来了一种接近于幸福的感觉。当我陷入绝望，她安慰过我。单是她轻轻的一次触摸，就给我莫大的幸福，像欢畅的波浪洗刷着我心头深深的伤痕。

那天的情形犹如一场快速热闹的奔忙，我们在助跑后一头冲进黑暗，连气还没来得及换一口，又箭一般冲出黑暗。就这样，我们在一天的时间里大约二十次进入挤满了人的底舱，却一次也没有看个究竟。时间的大船正是靠这个底舱开动大桨航行的。这就是成年人的世界，童年时我就以一颗男学生的心爱上了一个女学生，因弗家女孩儿对成年的向往，我曾那样强烈地吃过醋。

回到马尔堡，我发觉与我别离的不是那个相识六年的女孩子，而是拒绝我之后只与我短暂相遇的一个女人。我的肩膀和手臂不再属于我了。它们像别人的肢体，请求我给它们戴上枷锁，人类就是套上这种枷锁后开始了共同的事业。因为不戴枷锁我就无法想到她，我只愿被锁在铁链中，只愿做囚徒，只愿在寒颤中让美履行自己的义务。

每次想到她都会即刻使我与集体合唱团结成一体，这合唱使世界充满林立的热情迸发的反复运动，好像奔赴战役、苦役、中世纪的地狱和手工艺。我所说的这些是孩童们不能理解的，我要把它称作对现实的感受。

我在《保护证书》的开始部分说过，爱有时会追赶过太阳。我指的是感情的明显性，每天早晨它都会带着刚刚第一百次重新确认过的准确消息，把周围的一切远远抛在后面。同它相比，连太阳的升起都像城市新闻那样，需要审查才可发表。换言之，我指的是力量的显著性胜过光的显著性。

如果凭借已有的知识、才能、闲暇，我决定写一篇关于创作美学的文章的话，我会以力量和象征这两个概念为基础来构筑它。我会表明，科学是从光束的角度来研究大自然的，同科学相比，艺术则只对被强有力的光束穿透的生活感兴趣。我会采用像理论物理所采用的那种最广义的力的概念。差别仅在于，我表述的不是力的原理，而是它的召唤、它的存在。我会阐明，在自我意识的范畴，力量就叫做感情。

当我们认为，特里斯丹、罗密欧与朱丽叶及其他古典作品中描述的似乎都是强烈的情欲时，我们其实是低估了这些作品的内涵。它们的主题要比这一强烈的主题宽广得多——它们的主题是力的主题。

艺术正是在这一主题中诞生的。艺术比人们想像的更片面，我们不能像摆弄望远镜那样随意调整它的方向。艺术对准的是被情感所移位的现实，它是这种移位过程的记录。艺术复制自然。自然是怎样移位的呢？细节以鲜明取胜，却输在意义的独立性上。每一个细节都可以被另一个细节所取代。任何一个细节都是可贵的。随便一个细节都可以用来证明已经变化的现实状态。

当这种状态的特征被移到纸面上时，生活的特征就变成创作的特征了。后者比前者更醒目。它们被研究得更彻底，它们有术语可用，这些术语就叫作手法。

艺术作为一种活动是现实的，作为一种事实则是象征的。艺术的现实性表现在，它的隐喻不是主观臆造出来的，而是在大自然中发现的，并神圣地把它再现出来。单独的转义没有任何意义，而是要把它们融入到艺术整体的总的精神之中。就像那已变动的现实的各个部分，单独来看没有任何意义。

艺术的象征意义源于其具有吸引力的形象。艺术的唯一特征是其特有的整体形象的鲜明性和可替代性。形象的可替代性证明现实的各个部分是互相独立的。形象的可替代性，即艺术，就是力的象征。

确切地说，只有力才需要物证的语言。意识的其他方面是长久的，无需标记。它们直接通向光的视觉类比：数字、准确的概念、思想。但是，除了借助形象的双重语言，亦即附加特征的语言，人是无法想像力、力的事实、只存在于产生的那一瞬间的力的。

感情的直接引语是隐喻的，不能被任何东西替代。①

八

我去法兰克福看望表姐，同时看望了当时已来到巴伐利亚的家人。弟弟来看过我，随即父亲也来了。但是我对这些丝毫没往心里去。我全身心沉溺于写诗，不管白天晚上，想写就写，我写海，写黎明，写南方的雨，写哈尔茨的煤。

有一次，我写得痴迷忘我了。那天，夜幕精疲力竭地垂落到大地之上，然后费力地落到最近的一道篱笆上。外面一丝风也没有。生命的唯一标志，是这个无力地偎依在篱笆上的天空的面孔，还有大地用以回应疲惫天空的烟草花和紫罗兰绽放的浓香。在这样一个夜晚，天空无与伦比！满天的星斗在赴一场晚宴，银河像一个大社会。不过，这块白粉涂鸦般斜斜地延伸

① 我担心会引起误解，提醒大家一下，我谈的不是艺术的物质内容，也不是使它充实的各个方面，而是它出现的意义，它在生活中的位置。一个个单独的形象本身是可见的，并建立在光的类比基础之上。艺术的一个个独立的词语，像所有概念一样，都依赖认识而存在。但是整体艺术的不可援引的语言就是寓言本身的运动，这种语言是在象征性地谈论力。——原注

的区域更像夜晚花园里的小花畦。那里有天芥菜和紫罗兰。它们晚上应该被浇过水，东倒西歪乱蓬蓬的。花朵和星斗挨得这样近，仿佛天空也在喷壶下被淋过。此时，很难把星辰和白斑点点的花草分开。

我忘情地写着，与早先大不相同的灰尘覆盖在我的桌上。从前的灰尘是属于哲学的，因我的背弃而沉积下来。我曾为自己的作品能否完整而担心。由于我喜爱吉森公路上的碎石，连带着不忍擦去桌上的灰尘。餐桌桌布的最边上放着一只很久没有擦过的茶杯，宛如天空中闪烁的一颗星。

我蓦地站起来，出了一身足以溶解这一切的莫名其妙的汗水，并在房间里踱起步来。“多么卑鄙的诡计啊！”我想，“仿佛他不再是我心目中的天才了，仿佛我是要跟他断交！从我收到他的明信片起，我卑鄙地躲避他已经快三个星期了。一定要跟他解释清楚。可是怎么做呢？”

我又想到他是个古板而严厉的老师。一次，他问一个非专业的考生：“Was ist Apperzepzion?”① 当那个考生把这个词从拉丁文翻译成德文，说那是 durchfassen（琢磨）时，他就回答说：“Nein，das heisst durchfallen，mein herr”（不，那是不及格的意思，先生。）

他在课堂上讲解经典名著。讲课时他会中断讲解，提问原作者的写作意图。他要求解释果断、一语中的，像军人回话那样干脆。不止是含糊不清的回答，即使是用近似的话代替正确

① 德文，“何为统觉？”

答案，他也不能容忍。

他右耳听力有障碍。一次，我正是坐到他的右边去分析从康德理论中取得的鉴诫。他让我说得忘乎所以，在我几乎没有预料到的情况下，他又提出了那类令我难以回答的问题："Was meint der Alte?"①

我不懂这是什么意思，但是，按照思想的乘法口诀表，这个想必是像五乘以五等于二十五那样，于是我就这样回答了。他微微皱了下眉，向旁边挥了一下手。我随机稍微修改了一下我的答案，显然，他对我怯生生说出的答案不满意。很容易猜到，当他用手在空中指点着叫起一些高材生来回答时，我的答案就被变异得越来越复杂了。所有回答暂且还是两个十再加上半个十，或是一百的一半再除以二，这些别别扭扭的回答使他越来越气愤。在看到他嫌恶的脸色之后，谁也不敢再重复我的那个答案了。他向另一些同学做了一个动作，那意思是说，帮帮忙吧，堪察加②！于是，周围开始起了一阵欢快的嚷嚷声：六十二、九十八、二百一十四……他举起双手，压下这些嘈杂的胡言乱语，现场勉强回复了安静。然后转向我，用轻柔又干燥的嗓音重复了一下我原来的答案。接下来又是一阵骚动，大家都为我辩护。当他弄明白这一切后，便打量了一下我，拍拍我的肩，问我从哪里来的，是哪一学期入学的。然后，他皱着眉，用鼻子呼哧呼哧吸着气，请我继续讲下去。嘴里还一边喃

---

① 德文，"老头儿是什么意思？"

② 堪察加半岛位于亚洲东北部，现属于俄罗斯远东联邦管区。俗语中指课堂后排座位，通常是学习较差的学生坐的地方。

喃着:“Sehr echr，sehr richtig；Sie merken wohl? Ja，ja；ach，ach，der Alte!”[1] 此时我还联想起很多事情。

哎，我要如何接近这样的人呢？我该怎么对他说呢？“Verse?”[2] 他会拉长声音说。“是诗歌!”他对平庸无才的作者及其平庸的技巧研究得还少吗？

九

这一切大概都发生在七月里，因为此时椴树花开得正盛。阳光穿过晶莹的蜡黄色花序，好比透过凸透镜一样，在落满灰尘的树叶上灼出点点黑斑。

从前我就经常路过这个操练场。每到中午，这里常飞扬着夯土机般带起的尘土，不时传来一阵低沉的、颤抖的咚咚声。这里是在练兵。训练时，练兵场前总是滞留着一群爱看热闹的闲人——肩上扛着货架的香肠店的小伙计，以及城里的学生。确实，这儿还真有点可看的。整个操场上分散着两两成对的士兵，如装在袋里的好斗的公鸡似的圆胖大汉，互相跳着接近对方，互相攻击。士兵们身穿有衬垫的夹克，头戴栅格头盔，在练习击剑。

这种景象对我来说已毫无新意，整个夏天我都看够了。

只是早上，我刚才描写过的那个夜晚过后，在城里路过这个操练场时，我忽然想起，不到一个小时前我曾梦见过这个操

① 德文，“对，对；您猜到了？嘿，是老头儿!”

② 德文，“诗歌”。

练场。

整整一夜我都在想怎么处理与柯亨的关系，也没想出什么结果来。凌晨的时候我才躺下，睡了一个早晨，在醒来前就做了这个梦。这是关于未来战争的梦，如数学家所说的，是充分的，必然的梦。

人们早就发现，无论在步兵连和骑兵连中灌输的军事条令如何强调战争，和平思想都是无力造成由派遣到出发的转变的。由于马尔堡街道狭窄，队列无法通行，所以面色苍白、满身尘土的猎骑兵便身穿褪色的军服，每天在城下绕行。他们的模样首先使人联想起文具店，那里按张销售的画片上就有这样的骑兵，每买一打还赠送一块阿拉伯树胶。

梦中就是另一回事了。梦中的场景不受习惯的限制，梦中是色彩在推进和下结论。

我梦见一片荒凉的旷野，某种东西表明这是被围困的马尔堡。面色苍白、身体瘦高的奈特尔别斯克人推着独轮小车鱼贯而过。这是一个世间未曾见过的黑暗时刻。梦境有腓特烈大帝时代的风格，有战壕和土筑工事。在高高的炮台上隐约可见手拿单筒望远镜的人。一种世间没有的寂静明显地笼罩着他们的肉体。它像松散的尘暴一样在空中翻腾，并未在空中停留，而是落了下来。好像有人不停地用铲子扬它。这是我以前做过的所有梦中最阴郁的一个。我似乎在梦里哭了。

我与弗家女孩之间的故事深藏在我的心里。我的心脏很健康，运转良好。它在夜间跳动时会抓起白天产生的一些最偶然和最无用的印象。瞧，这次它勾住了练兵场，它的触动足以使操练场的机械运转起来，而梦境本身在它全部的演绎过程中轻轻地贯穿着一个声音：“我是关于战争的梦。”

我不知道自己为何要进城，内心非常沉重，好像我的头脑中塞满了筑城用的泥土。

正值午饭时间，大学里一个熟人也没有见到。研习班的阅览室里人去屋空。它的下方紧邻的是小城的私人楼房。酷暑难当。窗台上忽而出现一些浑身湿透的人，他们皱皱的衣领歪到一旁。他们的身后是半明半暗的正室。从里面走出一些枯瘦的女信徒，身穿长袍，前襟被洗得发白。我转身回家，决定向上走，因为那里的城堡围墙下有许多绿荫覆盖的别墅。

它们的花园里一层层躺在打铁炉般的炙热中，只有玫瑰花的花茎好像刚刚离开铁砧，高傲地弯曲在蓝色的文火上。我向往一条小胡同，它就在一幢这样的别墅后面，陡直地通到山下去。我知道那里有葱茏的绿荫。我决定拐到那里去歇一口气儿。让我大吃一惊的是，就在同样的恍惚中，我在那里看见了戈尔曼·柯亨教授。他也看到了我。我的后路被切断了。

我的儿子快七岁了。当他听不懂某句法语时，而只是根据说话时的语境猜它的含义，他会说：这句我不是从语言里听懂的，而是根据因果关系理解的。这就够了。不是由于这样或那样的原因，而是根据因果关系来理解。

这种领悟的智慧不同于为了装模作样的卫生保健而散步的智慧。我就借用他的术语，把这种智慧叫做因果关系的智慧。

柯亨就具备这种因果关系的智慧。同他谈话让我觉得有点害怕，跟他一起散步就更不是闹着玩儿的了。这位数学物理的真实灵魂，拄着手杖走在你的身旁，经常停下来歇息。他大概是以同样的步态，一步一步采集到自己在数学物理方面的主要基本原理的。这位大学教授穿着宽大的礼服，戴着软帽，脑袋里灌满了古代学者伽利略、牛顿、莱布尼兹和帕斯卡等头脑里的高纯度的贵重精华。

他不喜欢边走边说，而只是听着同行者的闲谈。由于马尔堡人行道遍布台阶，同行者的谈话总是很不顺畅。他一边向前走，一边倾听着，并会突然停下来，就刚才听到的内容发表几句刻薄的意见，然后借助手杖在人行道上的支力，又继续向前，直到下一番发表格言警句时再歇息一下。

我们的谈话就是这样进行的。我顺势提到失约的错误，这让我觉得自己的过失更重了——他什么也没说，连冷冷地抵在一块路石上的手杖也没有给这份沉默里添加任何东西。这样子简直要我命。他对我的计划很感兴趣，然而并不赞同。他的意见是博士生考试前我应该留在他们学校，过后再回国参加学位考试。这样打算，是为了以后可以返回西方，并在那里定居。对于他的这种热心好客，我异常感动。但我对他道出的感激远不如我对莫斯科的向往。在我的表达中，他准确无误地捕捉到一种虚伪和敷衍。这伤害了他的感情，因为人生本来就短暂，充满了未知，他不能容忍这种让人减寿的人为的猜测。于是他克制着愤怒，缓慢地拾级而下。等着看我在令人难以容忍的明显的胡话八道之后最终会不会说出正经话来。

但是我要怎样告诉他，我已义无反顾地抛弃了哲学，准备在莫斯科修完课程，不过也是像大多数人那样，只要能毕业就行。至于日后返回马尔堡的事，我甚至还没有想过。退休前，他在大学发表了忠于伟大哲学的临别赠言，使台下坐着的许多女大学生纷纷掏出手帕。

十

八月初，我的父母从巴伐利亚迁居到意大利，并要我到比萨去。我的钱已用得差不多了，只够回到莫斯科的。在以后经常再现的那样一个夜晚，我和格某某坐在我们经常坐的那个阳台上，向他诉说我悲惨的经济状态。他和我探讨了这个问题。他曾经几度陷入贫困潦倒的境地，但就在那段时间，却闲游了世界许多地方。他去过英国和意大利，学会了如何在旅行期间免费住宿的方法。他帮我订了计划：用剩余的钱去威尼斯和佛罗伦萨，然后去找我的父母补充费用，取得回程的路费。如果剩下的钱精打细算着使用，也许不需要父母的补贴。他在纸上写下一些数字，果真得出了极经济的预算。

咖啡馆领班的侍者跟我们大家的关系都很好，他对每个人的内情都了如指掌。我考试最紧张的那段时间，弟弟来我这儿做客，弄得我复习功课的时间非常紧张。这家伙却把我弟弟打台球的罕见才能给开发出来了，使我弟弟整天在他那里痴迷地玩儿，使我得以有空间做自己的事。

他积极参与对我意大利之行的讨论。他一会儿离开，一会儿又回来，用铅笔敲着格某某的预算表，甚至找出其中不够省钱的地方。

他再次离开又返回时，腋下夹着一本厚厚的火车时刻表。他把托着三杯粉红色甜酒的托盘放到桌上，打开时刻表，从头至尾旋风般翻了两遍。等他从飞速翻动的书页中找到想要的那页，便告诉我说，应该乘当天夜里三点多的快车出发，并提议我们同他共饮一杯，祝我一路顺风。

我没有犹豫多久，事实上，我一边听着他的建议一边思考着。从学校开的退学证书已收到，考试分数也一切正常。现在是十点半，叫醒房东太太也不算大错，整理行装的时间绰绰有余。于是我决定——走！

他欣喜若狂，仿佛第二天见到巴塞尔的是他自己。他收拾起空高脚杯，羡慕地望着我，说道："听着。咱们彼此仔细地看上几眼，这是我们的风俗习惯。这对你以后也许会有帮助，谁也不能未卜先知的。"我听后笑了起来，告诉他这是多此一举，因为我早就这样做了，我永远也不会忘记他的。

我们道了别。我跟在格某某的后面走出咖啡店。镀镍餐具隐约的碰撞声消失在我们身后。我当时感觉，我再也听不到这声音了。

几个小时过去了。我们沿着城区走着，一直聊到头昏脑涨，街道有限的小城很快被我们走遍了，我和格某某来到紧邻火车站的郊区。周围是弥漫的雾气，我们一动不动站在雾中，像在饮水区专心饮水的两头牛。我们默默地抽着烟，脑筋都有点迟钝了，以至于香烟也会不时地熄灭掉。

天光渐白。露水像鸡皮疙瘩似的覆盖着整个菜园。一畦畦锦缎般的秧苗小晨雾中探出头来。就在这个破晓时刻，马尔堡市在它固有的高度一下子呈现出全貌。瞧，那里的人们还在沉睡，那里有教堂、古堡和大学。但是，它们还是与灰蒙蒙的天空混在一起，像粘在湿拖把上的一小片蜘蛛网。我发现，城市刚刚显现，就像被截住的吹向玻璃窗的呵气一般扩散开了。“呶，该走了。”格某某说。

天亮了。我们在石板铺的站台上快步踱着。越来越近的轰隆隆的火车像石块似的冲破浓雾迎面驶来。火车到了，我和老同学紧紧拥抱了一下，然后把皮箱往上一抛，跳上了车厢的踏板。混凝土石块咯吱咯吱响着，车门砰的一声关上了，我依偎在窗前。火车沿一条弧线割断了我所有的过往。兰河、铁路道口、公路和我不久前的住宅，一个个飞驰而过，比我料想的时间还要早。我用力往下拉窗框，车窗却一动不动。突然它砰的一声自己落了下来。我尽全力探出身子，车厢在急转弯处来回摇晃，我什么也没有看清。别了，哲学；别了，青春；别了，德国！

十一

六年过去了。一切都已淡忘。持续几年的战争结束了，大革命爆发了。从前物产富饶的地区患上了后方假想的坏疽病，变成了闭塞之地，褪色暗淡，抽象而不真实。泥泞的冻土荒原使我们疲惫不堪，全国性的那场连绵小雨沙沙响个不停，持久地淋在我们的心上。水开始侵蚀骨头，时间无物可以丈量。在经历过独立生活后，又不得不拒绝它，并在事件的威严暗示下，趁晚年还有好久才能到来时，进入一个新的童年。我跌入了童年，在父母的要求下，成为他们家中无拘无束的一个自由人。晚上，我在暮色中踏雪爬进一层半高的低矮住房，接起响起了不合时宜的电话铃声。“谁呀?”我问。“我是格某某。”对方答道。事情是如此让人惊奇，我甚至并没有感到惊讶。“你在哪儿?”我好一会儿才挤出这句话来。他告诉了我。真是一件荒诞的事，他就住在我家旁边，穿过院子就是。他是从过去的宾馆，如今已是人民教育委员会的宿舍楼打来电话的。一分钟之后，我已经坐在他的家里。他的妻子没有一点变化，几个孩子我以前倒是没有见过。

这一切原来如此难料。这几年他也跟其他人一样，生活在这个地球上，尽管是在国外，但是也生活在弱小民族求解放的那场战争的阴影之下。我得知他不久前才从伦敦归来。他不是已经入了党，便是党的热忱追随者。因为政府迁到莫斯科来了，他也跟着调到教育人民委员会的下属单位任职。因而他就成了我的邻居，情况就是如此。

我是把他当成马尔堡人才来看他的。当然不是为了借助他的帮助重新开始生活，不是为了借助来自于那个雾气弥漫的遥远的黎明的情谊，当时我们像两头在浅滩前等待饮水的牛一般伫立在朦胧的拂晓中。这次开始生活要尽可能谨慎些，因为没有战争了。噢，当然不是为了这个。我预先就知道这种再现是不可思议的，我跑去是为了证实这种再现在我的生活中是如何不可思议的。我跑去是想看一眼我的没有出路的前程具有什么样的色彩，看看它不公平的个体之间的细微差别，因为没有出路的处境是普遍的，是与大家一样平等承受下来的，所以是无色的，也是不应该当作出路的。

就是说，意识到没有出路对我来说就是出路，所以我跑去看看这活生生的无出路是什么样的。但是我什么也没有看到。这个人帮不了我的忙。他比我更多地受到了时代潮气的侵蚀。

后来我有幸又一次光临马尔堡。一九二三年二月我在那里住了两天。我是跟妻子一同去的，但是没有想到这个城市会跟她如此接近。我因此对妻子和马尔堡都心存愧疚。不过，我的心情也很沉重。战前的德国我见过，战后我又看到了它。世上发生的一切以最可怕的缩影呈现在我的眼前。这时正是鲁尔被占领时期。没有什么可以欺骗的，也无需欺骗任何人，德国伸出手在乞讨（这手势并不是它惯有的样子），到处都是手拄拐杖的人，在长期的战争中，德国处在饥寒交迫之中。使我惊奇的是，我看到了房东老太太，她还活着。她和女儿看到我，激动得两手啪的一拍。我进来时，母女二人正坐在十一年前的老地方缝缝补补。我住的那间房还在出租，她们给我打开了房门。如果不是奥凯尔斯考金村到马尔堡的那条大路，我真就认不出它了。大路一如从前，从窗口处一眼就可望见。此时正是严冬时节。不太整洁的空荡冰冷的房间、地平线上光秃秃的白柳——所有这一切都是那么非同寻常。这个景色时常让人联想起那场三十年的战争，结果到底招来了它预示着的战火。离开马尔堡前，我到糖果点心店为母女俩订了一个核桃仁大蛋糕。

该提一提柯亨了。再也见不到柯亨了。柯亨死了。

十二

车站，车站，车站……一个个车站像石头蝴蝶般飞向火车尾部。

巴塞尔城里有一种安息日的静谧，听得到燕子在飞翔中翅膀刮擦屋檐的声音。闪耀的外墙像眼球似的藏在黑樱桃色屋檐下面。整个城市眯起眼睛，房檐翘翘着，好像眼睫毛。在干净凉爽的博物馆里，原始的陶器珍品闪烁着陶瓷的火焰，如私人院落里的野葡萄闪烁的光泽。

一位身穿州府服装的农妇用纯正得惊人的发音说了一句："Zwei francs vierzig centimes."[①] 不过两个语言区[②]的汇合处并不在这儿，而是在右侧，在低低的房盖后边，朝向南方，沿着瑞士联邦的酷热的蓝天一直延伸到山区。在圣戈萨特山脚下，深夜里人们还在聊天。

讨厌的两整夜旅途的失眠之后，这样一个地方竟然被我睡过了站！这是我人生中最不该睡觉的一夜——几乎常听到耳边响起，"西蒙，你睡着了吗?"——原谅我吧。尽管如此，我还是醒了几次，只在窗边停留了短得丢人的几分钟，因为"他们眼皮沉得睁不开了"，那时……

周围的群峰一动不动地聚在一起，好像在开喧嚣热闹的社员大会。啊！原来在我打瞌睡的时候，当我们在寒冷的烟雾之

---

① 德文，"两法郎四十生丁"。
② 指讲德语和讲法语的两个地区。

中，螺旋一般从一个隧道转入另一个隧道时，比我们高三千米的那种大自然的气息就已经成功地把我们包围了吗？

周围一片漆黑，但回声用声音的雕像充满了黑幽幽的山谷。深谷肆无忌惮地大声唠着家常，彼此之间说着大地的坏话。小溪无孔不入，所到之处，到处，到处都在议论纷纷，造谣生事。很容易猜想到，它们分挂在峭壁上，继而合成一股绳垂向山谷。悬崖从山顶跳到车顶，各就各位坐下，晃荡着两腿，大声交谈，享受着免费游玩之乐。

可是，瞌睡虫控制了我，在进入白雪世界之前，在如同俄狄浦斯瞎眼的眼白一般白雪皑皑的阿尔卑斯山麓，在这个地球上完美无缺的绝妙高地，我不可饶恕地陷入了梦乡。地球像米开朗琪罗笔下的黑夜一样，在高处自恋地把一个吻印在自己的肩膀上。

当我醒来，阿尔卑斯山区纯净的早晨正注视着我的车窗。前方不知出现了什么障碍物，大概是雪崩，火车停了下来。乘客被通知转乘另一列火车，于是我们沿着山间铁路向前走去。这亚麻丝带迤逦延伸，穿过被肢解的全景图，好像这铁路是偷来的，总是被塞到转角后边。一个赤脚的意大利男孩儿帮我扛着行李，那男孩和巧克力包装盒上印的一模一样。不远处，他的牧群那边传来动听的音乐。牲口懒洋洋地摇晃着脖子下的铃铛，互相招呼，丁丁当当的铃声撒落山谷。马蝇在吸吮这音乐，想必音乐的皮肤在颤动吧。野菊花散发着芳香。暗处的溪水无所不在，发出哗哗的拍击声，无休止地重复着无聊的空话。

睡眠不足的后果马上显现出来了。我在米兰停留了半天，却记不起它的模样了。只有城里的那座大教堂模模糊糊地印在我的记忆里。我在市区穿过那些十字路口向它走去，每过一个新的路口，它都展示给我新的面孔。它像一条融化中的冰川，不时地在炎热的八月呈现出蓝色的峭壁，似乎为米兰市所有的咖啡馆供应着冰和水。最终，一个不大的广场使我站到了教堂脚下。我仰起头，顿时觉得它的壁柱和塔楼一起簌簌地向我飞来，像排水管接头弯管处堵塞的积雪一倾而下。

然而，我只能勉强站稳脚跟，于是我向自己许下了第一个愿望：到达威尼斯以后，要好好睡上一觉。

十三

威尼斯车站的棚顶土里土气的，样子很像我见过的某个海关税务局。走出火车站的大楼时，我感到有种东西悄悄从我脚下流过，它是邪恶的，黑得像泔水的液体，上面映射着令人同情的两三点星光。它们不易觉察，一起一伏，像是一幅镶在摆动的镜框里因日久而变黑的写生画。我没有马上反应过来，这就是威尼斯的影像，就是威尼斯本身。我并不是在做梦，我确实已身在威尼斯。

车站前有一条盲肠似的水道转入拐角，流向建在暗渠上的神奇的漂浮长廊。我匆忙走向票价便宜的汽艇船站。在威尼斯，汽艇代替了电车。

小汽艇鼻子呛水，气喘吁吁，满身是汗。在它身后的同样平静的水面上，拖着没入水中的两条胡须，大运河边上的宫殿也循着半圆形轨迹飘过水面，渐渐落在我们的后面。他们称它们为宫殿，还可以用更美的名字称呼它们，但无论什么词汇都难以描述那些彩色的大理石墙壁，就像辉煌的帷幔在朦胧夜色中垂入泻湖，令人仿佛置身于中世纪竞技场的舞台。

有一个特殊的圣诞树的东方，拉斐尔前派的东方；有一个根据崇拜星相家的传说而得出的关于星夜的说法；有一个千古流传下来的圣诞节浮雕：一颗镀金胡桃被喷上蓝色石蜡作为表面装饰；有这样一些词汇：哈尔瓦①和迦勒底，马吉②和马格尼③，印度和印第哥④——应该把威尼斯夜晚的色调及其水中倒影纳入这些谐音词之列。

一次次靠岸的小艇上，人们高声向乘客喊着："Fondaco dei Turchi! Fondaco dei Tedeschi!"⑤，好像是为了让我们俄罗斯人的耳朵相信他们坚果般的发音是如何坚硬。当然，街区的名称和大榛子没有任何共同之处，倒是使人想起当年土耳其人和德国人在此修建的商队货栈。

我听到了许许多多诸如文德拉敏、格利马尼、格尔涅洛、弗斯卡里和洛林达诺此类的街区名，却不知道是在哪个街区前见到了第一条，或者说是第一条使我感到大为惊奇的贡多拉，这时已经过了里亚托桥，贡多拉从旁边的水巷安静地驶进大运

---

① 俄文，"酥糖"。
② 俄文，"古代术士、占星家"。
③ 俄文，"镁"。
④ 俄文，"靛蓝"。
⑤ 意大利文，"土耳其商馆！德意志商馆！"

河，横泊在附近一个宫殿的大门前。

它像是坐在慢慢向外推移的波浪的圆肚子上，从院子里被推到正门来，身后留下一道黑色的裂罅，里面充满死老鼠和飘浮的西瓜皮。一条洒满月光的无人的水道在它面前伸展开来，贡多拉巨大如女性，体态完美，却与身体所占的空间极不相称。它明亮的梳状斧钺形船头高高翘起，荡着圆圆的水浪，好像在天空轻盈地飞翔。贡多拉船夫的黑色身影也同样沿着星光轻盈奔驰。船头和船尾之间凹陷处的船舱顶盖不见了，仿佛被压进了水中。

在此以前，从格某某关于威尼斯的叙述中，我就决定，最好能住在科学院附近。于是我在那里下了船。我不记得我是过桥走到左岸去了，还是留在了右岸。只记得去了一个小广场，那里也是围了一群宫殿，同运河边上的宫殿很相似，只是颜色显得更灰暗，外观更庄严些，它们也是建立在陆地上的。

洒满月光的广场上，人们有的站着，有的在散步，有的半倚半卧。人不是很多，他们好像在用自己移动的、半移动的和安静不动的躯体装饰着广场。那是一个异常宁静的夜晚，一对情侣走入我的视野，他们没有相互把头转向对方，而是彼此享受着这份安谧，凝望着对岸的远方。这可能是一对正在休息的宫殿仆人，首先引起我注意的是男仆安静的神情，他剪短的斑白头发和那件灰色的上衣。这些东西里有一种非意大利的情调，散发着北欧风情。然后我看清了他的脸，这张脸我好像见过，但却想不起是在哪里了。

我提着皮箱走到他跟前，用自己往昔尝试阅读但丁原著后编出来的不存在的方言，向他述说了我对晚上住宿的忧虑。他礼貌地听完我的话，想了一想，向身边的女仆问了一句什么，后者否定地摇了摇头。男仆摸出一块带盖的怀表，看了一下时间，啪地一声盖上表盖，塞回西服背心的衣袋里。他继续沉思了一会儿，然后头一歪，示意我跟他走。我们绕到一个洒满月光的楼房后面，拐进一个漆黑的胡同。

我们沿着宽不过住宅走廊的石板小巷向前走去，小巷一次次把我们引向一些短小的拱形石桥。此时，桥两边是泻湖支流，像脏兮兮的袖管在延伸，水域那样狭窄，好像卷成筒状勉强塞入歪斜箱底的波斯地毯。

拱桥上有人迎面走来，早在她的身影出现以前，她走在小街石板路上的急促脚步声就预告着，这是一位威尼斯人走过来了。

我们沿着黑如焦油的小巷徘徊，小巷上方的缝隙处露出明亮的夜空，又向某个方向延伸而去。好像有一根结籽的蒲公英绒毛正沿着银河飘荡，仿佛只为另一条移动着的光亮能够透过来，小巷不时向两旁让路，形成一些广场和十字路口。我一面惊讶于同路人的面孔如此熟悉，一面同他用一种不存在的方言交谈着。我就这样从柏油黑走向绒毛，再从绒毛走向柏油黑，在他的帮助下寻找最廉价的下榻处。

在运河岸边，面对宽阔的水域时，另一种色调占了上风，拥挤的人群替代了无声的寂静。来来往往的汽艇挤满了人。油腻污黑的水面激起雪白的细水珠，好像在高温研钵或者突然停止的机器中被研碎的大理石粉。伴着这哗哗的水声，岸边水果摊上的煤气灯嗞嗞作响。摊前人声鼎沸。煮水果机里还没有熬熟的水果在上下跳动和碰撞着。

在岸边一家餐馆的洗碗间，有人给我们提供了有用的信息，这一指点又把我们送回了我们刚刚远足的起点。我们掉头，沿反方向把走过的路重新走了一遍。因此，当我的同行者终于把我安置进莫罗西尼广场附近的一家旅馆时，我心中产生了一种感觉，好像我走过的路程相当于威尼斯的整个星空，只是方向同它运动的方向相反罢了。如果当时有人问我威尼斯怎么样，我就会说，“明亮的夜色，小小的广场，和像老熟人一样安详平和的人。”

十四

“好吧，朋友，我会像对待亲人一样安顿你！”旅店老板，一个敞怀穿一件脏衬衫的六十岁的健壮老头儿，用低沉的嗓音冲我大吼一声，仿佛我是个聋子。他脸涨得通红，皱着眉打量了我一番，把双手伸进背带的卡扣里，用手指敲着毛茸茸的胸脯，又吼了一声：“想来点冷切小牛肉吗？”我的回答使他摸不着头脑，他的眼神丝毫没有变柔和。

想必他是个好心肠的人，蓄着拉德茨基式的大胡子，假装出一副吓人的样子。他还记得奥地利统治时期的情况，我很快发现他会讲一点德语。德语在当年是达尔马提亚[①]士官们优先

① 今克罗地亚西南部地区。

使用的语言，所以我一口流利的德语勾起了他的伤感，退伍以后他的德语都退化了。除此之外，他大概还患有消化不良症。

他好像脚踩马镫一样腾地从柜台后站了起来，冲旁边用极凶残的语调喊了一句什么，然后矫健地走向院子，在那里我们相互熟悉了一下。院子里摆着几张小桌，上面铺着脏兮兮的桌布。“你一进来，我就对你产生了好感。”他从牙缝里假惺惺地挤出这句话，做个手势请我坐下，然后自己坐到和我相隔两三把椅子的位置。伙计给我拿来了啤酒和肉。

小院是当饭厅用的。如果这里还有别的客人的话，早该吃过晚饭，各自回房了。只在这吃喝舞台的一个角落里还坐着一个长相寒碜的老头儿。老板和他说话时，他总是唯唯诺诺地逢迎附和着。

我吞咽着小牛肉，有一两次注意到，盘子里湿润的玫瑰色肉块莫名其妙地消失又出现。看来，我已是昏昏欲睡，有点睁不开眼皮了。

突然，像神话故事里一般，桌前出现了一个可爱瘦削的老太婆。老板简短地向她说了他对我的强烈的好感，然后我跟在她的后面上了一条狭窄的楼梯。剩下我一个人了，我在黑暗中摸到被褥，顾不得多想，便脱了衣服钻进了被窝。

连续沉睡了十个小时后，醒来时已是阳光明媚的早晨了。无稽之谈得到了证实，我确实已身在威尼斯。天花板上反射着一些细碎的光点，使人仿佛置身于运河上游船的船舱里。它提醒我现在该起床了，要马上去岸边欣赏那些游船了。

我环顾躺在其中的房间，油漆过的隔墙上钉了一排钉子，上面挂着短裙和女式短衫，一个把儿上带环的鸡毛掸子和一根用编带钩在钉子上的木槌。窗台上堆满女人用的铁盒面霜。糖果盒里放着一支未削过的粉笔。阁楼的整个墙壁都拉着窗帘，后面传来敲击声和簌簌的刷鞋声。这声音已经响了很久。可能是有人在给全旅店的客人擦皮鞋。嘈杂声中混杂着妇人的窃窃私语和孩子们的低语声。我听出窃窃私语的妇人中就有昨晚的那个老太婆。

她是老板的远房亲戚，担任旅店的女管家。老板把她的小屋让给我住，当我希望改变这个安排时，她自己惊慌地请求我不要干预他们的家务事。

在穿衣之前，我伸了伸懒腰，又一次环顾了一下四周，我猛然间灵光乍现，清醒认识到昨天发生的状况。昨晚我的那个向导很像马尔堡的那位堂倌头儿，就是那个希望日后还能助我一臂之力的人。想到他的心愿与这件事的关联，我觉得他们更像了。这就是我在广场上众多人中唯一对他表现出本能好感的原因之一。

这一发现并未使我感到惊奇。这没有什么可神奇的，如果时间不把日常事件之间的联系，即冥冥中互相交叉的生活事件贯穿起来的话，我们那些纯洁的“您好”和“再见”也就毫无意义了。

十五

于是，我也碰到了这种幸福，我也有幸知道一个人可以日复一日地会见一块有建筑的空间，如同去会见一个鲜活的人一样。

不管从哪个方向走向大广场，在接近它的时候，总会有呼吸加速、步伐加快、两脚开始不由自主地迎上前去的一瞬间。无论从小百货店的方向，还是电报局的方向，道路在某个时刻都会变成大门一般，前方便会展现出一个广阔的新天地，广场好似通向了一个接待处：大钟楼、教堂、中世纪领主的宫殿和三面环抱的柱廊。

逐渐醉心于这些景物，你会有一种感觉，威尼斯是一座满载以上四种或者更多建筑物的城市。这种说法不是在玩修辞，建筑师们通过石头所表达的语言是那样高雅，任何华丽的词藻都无法企及。除此之外，它浑身粘满了海贝壳，那都是游客们长期以来的赞美之词。日益增长的赞誉将矫揉造作的痕迹彻底赶出了威尼斯。空旷的宫殿里没有一点空余的地方，全部都被美占领了。

登上租来去火车站的贡多拉之前，那些英国游客最后一次流连在大广场，他们的姿势好像跟一个活生生的人道别那样自然。你会强烈地嫉妒广场与他们如此亲近，众所周知，再没有哪个欧洲国家的文化像英国这样贴近意大利。

十六

有一天，在这些帅旗桅杆下面，三个交织在一起的世纪由几代人像金线一样缠绕在一起。离广场不远处，这三个世纪的舰队在打盹，舰船上桅杆林立。它好似在继续进行着城市规划。缆索从阁楼上探出来，大桡战船窥视着远方。人们在船上如履平地。月夜里，一艘三层甲板的大船一侧面对街道，用它一动不动硕大的躯体阴森可怕地封锁住整条街道。一些护航舰也以这种雄姿停泊在泊地，欣赏着那些最幽深的宫殿大厅。在那个时代，这可是一支很强大的舰队。它拥有的船只数量惊人，早在十五世纪，战舰除外，光是商船就达三千五百艘，船上的水手和船工有七万余名。

这个船队是威尼斯的真实存在，是它的神奇传说中最务实的底蕴。说得离奇一点，它那微微摇晃的吨位为城市建立了坚实的基础，它的土地资源、商业和牢狱的地下基地。钢缆的套索里，被俘虏的空气忧愁苦闷。舰队带来了拘禁和压迫，然而正像两只相通的器皿，岸上也会有一种作为补偿回报的东西，上升至和舰队的压力一样高的位置。理解了这一点就能理解艺术是怎样来欺骗自己的订货人的。

“潘达罗内”这个词的来源是很有趣的。它最近的词义是“裤子”，在这以前它是指意大利喜剧中的一个角色。再早一些，在最初的词义里，“pianta leone”这个词说明威尼斯的战无不胜，意指让旗帜上的雄狮竖立起来的人，换言之，就是“征服者威尼斯”的意思。拜伦的《恰尔德·哈罗尔德》中就有相关的诗句：

连她的绰号也起源于胜利——

这“雄狮的传播者”，穿越火与血

把雄狮带给被征服的陆地和海洋。

观念会发生相当大的变化。当人们习惯了恐怖的事，它们便会成为文雅举止的基座。我们何时能够理解，断头台怎么能一时成为妇人胸针的模型呢？

狮子标志在威尼斯出现在各种各样的场合。安放在监察官楼梯处的告密箱，旁边挨着韦罗内塞和丁托列托的壁画，其投递口就雕刻成狮子的大嘴。可想而知，这张“bocca di leone”[①]当时曾唤起人们怎样的恐惧啊！而渐渐地，在看不到当局对此事表示痛心的情况下，提起神秘地掉进这个雕刻精美的塞信口中的人，就慢慢成了言行粗鲁的一个标志。

艺术为奴役者兴建宫殿时，是受到信任的。人们以为它与大家分享着共同的观点，日后还会分担共同的命运。但正是这一点没有实现。宫殿的语言是被淡忘的语言，而完全不是他们误以为的那种“潘达罗内”语言。“潘达罗内”的宗旨已经腐烂，宫殿却保存了下来。

保存下来的还有威尼斯的绘画。从童年时起我就从复制品和博物馆的出口展品中体会到了它那热源般的美学品味。但必须去它们的原生地才能看到不同于单个画作的绘画真本，它好像一个金色泥潭，是创作的原始泥潭之一。

---

① 意大利文，“雄狮之口”。

十七

我当时所见较之现在表达的感受要更深更广。我并不想把我所见到的趋势都按照现在的分析去进行理解，但随着时间流逝，这些印象在我心里积淀起了同样的感受，因此在这扼要的总结中，我不会偏离当年的真实情况。

我体会到了什么样的观察能首先俘虏人的绘画本能。我突然领悟到当见到一个事物时，什么样的观察方式形成了被见之物。大自然一经被观察到，就为人打开一片可自由塑造的天地，这种状况下，画家们会把这种梦一样的景色悄悄移上画布。要见到卡尔帕乔和贝利尼的作品才能懂得什么是绘画。

我继而了解了，怎样的混合主义伴随着艺术技巧的繁荣而来，当画家和画中的对象达到统一的境界时，就不能说作画者、画出来的作品和被画的对象这三者之中，是哪一个把自己表达得最为活跃。正是由于这种混乱，产生争执是意料之中的事，时间会趁机在画家面前扭捏作态，并会认为果真是自己使画家达到了一时的伟大。必须看到韦罗内塞和提香的作品才能懂得什么是艺术。

最后，我对当时的这些印象估价得还不够，所以认定一个天才要想一鸣惊人，需要的条件并不太多。

周围到处是狮子的嘴脸，到处是隐约可见的，热衷于干预他人隐私的，嗅遍各处的，在自己的洞穴里秘密吞噬一个又一个生命的狮子嘴。周围是臆想出来的永恒的狮子吼，之所以严肃地想像出来这种永恒，是因为一切不朽的东西都已掌握在它的手中，在凶猛狮子的缰绳之下。大家都感觉到了这一点，忍耐着这一点。要想感受到这一点不要求有什么特殊才能：就是要看得到，并且安于这一切。但是既然大家共同忍受着，就说明在这座动物园里还有无人感觉到和看到的东西。

这是使天才的忍耐溢出杯子的那一滴水。谁能相信呢？画出的作品、画家和被画的对象的同一性，或者说得宽泛些：对直接真实的冷漠，就是使天才暴怒的原因，好像这是对以他为代表的人性的侮辱。于是一场暴风雨便会进入他的画布，用确定无疑的激情冲刷着技巧带来的混乱。必须看到威尼斯的米开朗基罗、丁托列托的作品才能懂得什么是天才，什么是画家。

十八

但在那时我并未深入到这些细节。那时，在威尼斯，以及在感觉更强烈的佛罗伦萨，或者说得更准确些，在我旅行归来后，住在莫斯科的那个冬天，另外一些更特别的想法占据了我的头脑。

重要的是，任何一个接触过意大利艺术的人都会产生一种感觉，就是我国文化和意大利文化有明显的同一性，无论他把它看作什么形式，无论他称呼它什么。

例如，关于人道主义者的异端邪说，有各种各样的说法，有的说它是合法的流派，有的说它是非法的流派。确实，信礼拜日的信仰和文艺复兴时代的冲突是一个非常现象，对于整个欧洲文明来说也是一个核心。《圣职的推荐》、《圣子升天》、《迦南的婚礼》和《最后的晚餐》这类描写上流社会放荡不羁的奢华生活的作品，都是在阐释一些合乎教规的主题，其中经常存在不道德的时代错误，这一点有谁没有发现呢？

正是在这种相互抵触之中，我看到了我们千年文化的特点。

意大利使我们自幼儿时起就无意识地吸入的那些东西变成了晶体。意大利绘画为我完善了我必须从这种关联之中思考出来的东西，在我日复一日从一个展室辗转到另一个展室之际，把它最终在色彩中煎熬出的答案掷到我的脚下。

比如，我明白了圣经不只是一本拥有固定经文的书，它在很大程度上是一本人类历史的记事簿，一切永存的东西都是如此。它的生命力不在于它是必需的读物，而是它对各个时代同类事物的感受力，而这种类比是逝去的世纪向它回顾时的依据。我明白了，文化史是形象的一连串方程式，依一定顺序，将未知数和已知数成对排列起来。其中的已知常数，是置于传统之基础的传说，而每一个未知数则是常新的，是常变动的当前文化的现实因素。

这就是我当时的兴趣所在，是我理解并且喜爱的观念。我喜爱历史象征的鲜活本质，换言之，我喜欢那个我们赖以创造世界的本能，就像金丝燕一样，用天与地、生与死以及两种时间——用已经存在和尚未存在的时间筑起一个大巢。我明白了，防止它坍塌的是贯穿它所有部分的形象的凝聚力。

但当时我还年轻，还不懂得这些涵盖不了天才的命运和本性。我还不知道他的本质居于真实的生平之中，而不是在用形象来折射现实的象征之中。我还不知道，同原始的艺术家不同，天才的根存在于道德本能粗率的直接性之中。他有一个引人注目的特点。尽管道德激情都是在文化的内部迸发的，暴动者本人却永远觉得他的暴动是在街头，是在文化围墙之外进行的。我还不知道，反对圣像崇拜的人只有在他不是赤手空拳来到这个世界的时候，才能留下不朽的形象。

教皇尤里乌斯二世曾对西斯廷教堂拱顶壁画的色彩贫乏表示不满，米开朗琪罗从天花板上表现创世记及必须采用的人物形象出发，为自己找到了开脱的理由："那时候人们的打扮不会珠光宝气，尤其这里画的人物都是不富有的。"

这就是这种天才雷鸣般而又天真十足的语言。

内心潜藏着驯服了的萨伏那洛拉①的人能达到文化的顶峰。未经驯服的萨伏那洛拉则会毁掉文化。

---

① 萨伏那洛拉（1452—1498），意大利基督教多米尼克派僧团宣传士，反对天主教教皇，谴责人道主义文化。

十九

我离开威尼斯的头一天晚上，大广场上举行了彩灯音乐会。那里经常布置彩灯。广场周围的建筑物正面从上到下缀满了尖尖的小灯泡。黑白两色的透明标语牌照亮了广场的三面，露天下，听众像刚从浴室蒸气中出来并坐在宽敞的大厅里一样红光满面。忽然，这想像中的舞会大厅里突然洒下稀疏的雨点。只不过小雨刚刚开始便戛然而止。彩灯的反光使广场上升腾起彩色的雾气，圣马可钟楼像一支红色大理石的火箭冲向粉红色的雾气之中，钟楼的尖顶被雾遮住了一半。稍远处有一团团深橄榄色的雾气，雾气里童话般地隐藏着大教堂的五个圆顶。广场的另一端好像水下宫殿一般。大教堂的门廊上有四匹金色的骏马，好像自古希腊奔驰而来，刚刚在悬崖处止步。

音乐会结束后，传来磨盘般均匀的碾磨声。这种声音早就在回廊四周回荡了，只不过原先被音乐声掩盖了。原来这是一群游手好闲的人在跳轮舞。他们的脚步声汇合在一起，仿佛溜冰场圆形冰道上冰刀发出的簌簌声。

在散步的人群当中，有些妇女气冲冲地快速走着。与其说她们是在散发着魅力，不如说是在恫吓人。她们边走边转身，一副想推开并消灭谁的样子。她们挑衅般地弯曲着身体，迅速消失在门廊附近。当她们回过头来，一张被威尼斯黑头巾映得死灰的面孔紧对着你。在钻石般闪烁的灯光中，黑光宛如白光中的一道道划痕，她们急促的步伐与黑光的颤动出奇地合拍。

我曾两次试图在诗歌中表达出我和威尼斯永远相联的那种感觉。离开威尼斯的前夜，我在旅馆里被一阵吉他的琶音搅醒，琴声唤醒我便止住了。我急忙奔到窗前，窗外的水面水花飞溅，我凝神张望着远处的夜空，似乎能在那里找到戛然而止的琴音的踪迹。

看我当时的眼神，旁观者一定会说我是在半睡半醒地观察威尼斯上空是否升起了一个新的星座，并准备在懵懂中把它命名为吉他星座。

第三章

一

冬日里，道路两旁发黑的树木围成两道帐幔，一条条林荫道好像把莫斯科分割了一般。房屋里的灯泛着黄色的光，它们星光熠熠的光圈像从中间切开的柠檬。雪花弥漫的天空低垂在树梢上，将周围所有白色的东西都变得发蓝。

林荫道上，一些衣着寒酸的年轻人像准备用头牴人一样猫着腰奔跑。有几个人我认识，大多数我都不熟悉，但他们都是我的同龄人；也就是说，这些数不清的面孔都是我童年时见过的。

他们刚刚开始被尊称父名，刚刚拥有公民权，并掌握了“攫取、获利、据为己有”等诸如此类词语的秘密，他们在这些方面表现出值得细加研究的急切心情。

世上有死亡和预见。未知的一切是可亲的。事先预见的事物会使人害怕，而一切激情都是闪避滚动而来的必然性的盲目一跃。如果激情从共同的道路上无处可以闪跳，那么活着的物种就没有生存与再现的空间了。共同的时间，即世界逐渐毁灭的时间，就是在这条共同的道路上流逝的。

然而，生命毕竟有它生存的地方，激情也有可以闪跳之处，因为与共同时间并存的还有永恒的、无限再生的路边规则，任何新一代都是其中一种。

年轻人弓着腰在风雪中匆忙奔跑，尽管他们匆忙赶路都有各自的原因，但是推动他们前进的不是个人的考虑，而是某种共同的动机，即他们的历史完整性，也就是贡献出激情，它从共同的道路上将无数次面临末日的人类拯救出来。

为了不让年轻人在穿透必然性时受到两重性的伤害，为了不让他们发疯，放弃已经起步的事业并在整个地球上上吊自杀，所有的林荫道的树木后面，都有一股久经世故、非常老练的力量守护在那里，用它智慧的目光护送着这些年轻人。守候在树木后面的是艺术，它对我们的了解是如此透彻，使你经常感到困惑不解：它是从哪个非历史的世界带来了这一本领，竟能看到历史的轮廓？它立在树木背后并与生活酷似，它忍受这种相似性，就像那些献身自然科学的、逐渐揭开死亡之谜的科学家的实验室里，容许悬挂妻子和母亲的画像一样。

这是一种什么样的艺术呢？这是斯克里亚宾、勃洛克、柯米萨尔热夫斯卡娅、别雷的年轻艺术，进步、扣人心弦、新颖独特。这艺术是如此出色，不但不会使人产生替换它的想法，相反，为了使它持久，人们想把它从创建之时起重新来一遍，不过要做得更快、更热情、更完整。人们要一口气儿把它重做出来，没有激情是不可想像的，而激情却会闪避到一边，于是，新的东西就出现了。但是，新东西的出现并不像通常所想的那样，是为了代替旧东西，而是完全相反，是为了令人欣喜地再现样板。这就是当时的艺术。那么当时的一代人是什么样子呢？

跟我年龄相近的男孩子，一九〇五年时是十三岁左右，战前则差不多二十二岁了。他们一生中的两个关键成长期正赶上祖国历史上的两个红色年代。他们的生长发育期和应征入伍的成年期都与世纪的过渡时期紧密相连。他们用神经对穿缝合了我们的时代，并殷勤地奉献给老人和儿童享用。

然而为了充分描述他们的特征，必须回忆一下他们与之息息相关的那种国家体制。

谁也不知道那是查尔斯·斯图亚特，还是路易十六在统治。为什么在多数情况下都觉得末代君主才是君主？也许，世袭政权的存在本身就带有某种悲剧性。

政治上的专制君主，只有在他是彼得的罕见情况下，才会采取政治手腕。这样的例子很特殊，因此几千年来一直被人铭记。大自然常常更充分地制约着统治者，大自然不比议会，它的制约是绝对的。作为一个千百年来被人奉为圭臬的惯例，那个称作世袭君主的人必须揭过自家王朝历史的一章，并且仅此而已。这里有一种应该着重强调的献祭精神的残余，比蜂箱里的牺牲更为赤裸。

肩负这种可怕使命的人，如果不是恺撒，如果他们的政治经验不够成熟，如果他们没有特殊的才能——使他们超脱一生的命运从而死后受益的唯一才能，他们会怎样办呢？

他们将不会滑行，而是滑倒，不是潜水，而是沉没，不是生活，而是处处小心谨慎，他们的生活将堕落至虚荣粉饰地混日子。起初他们的敏感是以小时计，后来就是以分秒计点了；起初感觉到的是真实的，后来就变成臆想的了；起初他们无需借助于外力，后来就要借助于通灵占卜了。

君主们一看到锅炉，就会对沸腾翻滚的水花心生恐慌，大臣们向他保证说：这是很自然的，而且锅炉越先进就越可怕。他们讲起国家技术改革——将热能转换为动能，并且声称，一个国家只有在受到爆炸的威胁，而又没有爆炸的时机，才能得以繁荣。于是，他们吓得紧闭双眼，抓住警笛，以天生的温文尔雅安排了霍登惨案、基什涅夫大屠杀和一月九日惨案，然后就难为情地走开，回到自己的皇室和暂时中断了的日记。

大臣们抓耳挠腮，人们彻底明白过来，统治这片辽阔国土的是一群不太聪明的人。解释变成无益的空话，建议也没有达到目的。他们没有一次体会到抽象真理的广泛意义。这是一群简单直接的奴隶，只会从相似的事物得出相似的结论。再教育他们为时已晚，结局已定。只好让他们听命于卸任的一纸诏书了。

大臣们看到结局已在眼前，它的威胁和要求促使他们急忙求助于家中最容易激动、最严厉的人。于是，亨丽埃塔、玛丽·安托瓦内特和亚力山德拉们在这场可怕的合唱中得到越来越多的发言权。她们疏远进步的贵族，就像广场对豪华的宫殿感兴趣，而且要降低那里的舒适生活。她们开始重用凡尔赛的园丁，皇村的上等兵和来自民间的自修成才者，于是拉斯普廷之流便浮出水面，飞黄腾达起来。这些人永远不会明白，君主制竟然在凡俗的人民大众前让步，它向时代做出的让步荒谬地对立于真正的让步，既有损于自己，也丝毫不利于他人。正是这种怪诞的行为暴露出它注定灭亡的本质，决定了君主制的命运，它自身的软弱便使它发出了愤怒的起义的信号。

当我从国外返回时，正赶上卫国战争一百年周年纪念。布列斯特铁路改名为亚历山大铁路。所有车站都粉刷一新，钟楼上的守望者也都换上了干净的衬衫。库宾卡的车站大楼插满了彩旗，出站口加强了警卫。附近在举行一场盛大的阅兵式，因此站台上铺满了明亮的新沙，好多地方还没有踩平。

这些并没有使旅客想回忆起它们所庆祝的那些事件。周年庆典的装饰呈现出沙皇统治的主要特点，那就是对祖国历史的无动于衷。如果说从哪里能看出这是个庆典日的话，那么它并非反映在人们的思想活动中，倒是从火车的行驶上能够看得出来，因为火车停站的时间比规定的时间长很多，而且扬旗信号命令火车停在野外的次数也比平时更为频繁。

我不由得想起在去年冬天去世的谢洛夫，想起他给皇室成员画像的故事，想起画家们在尤苏波夫家的绘画晚会上画的那些漫画，想起库捷波夫版的《沙皇狩猎》所出的笑话，也想起绘画学校里发生的许多相关琐事。绘画学校归皇宫内务部掌管，我们在那个环境里生活了大约二十年。我同样能想起一九〇五年的情况，卡萨特金家里上演的悲剧以及我微不足道的革命精神，其范围不超乎在哥萨克人的短马鞭下逞能，在穿着棉大衣的后背上挨上一鞭。最后，说到车站、警卫和信号旗，它们自然预示了要发生一场严峻的悲剧，而绝非我那轻率的不问政治的思想所认为的一场单纯的轻歌剧。

我接触的那一小部分人甚至不足以用来评判作为整体的知识分子。如果不承认这一点，我就会说，我们那一代人是不问政治的。我要说的是，这一代人正是以它的这一面朝向我的，也是以这一面朝向时代的，并发表自己关于科学、哲学和艺术的最早的声明。

二

然而，文化是不会投入第一个希望获得它的人的怀抱的。上述的一切必须经过战斗才能获得。爱就是决斗的观点也适用于这种情况。要使艺术转到少年手中，必须具备对战斗的爱好。这种爱好是要付出全部激情的，就像亲身经历的事情一样。许多初写者的作品就充满了这种状态的标志。新手们结成一个个小组，这些小组分成模仿派和革新派。这是那种激情不可能单独存在的两个部分，人们如此固执地预测到这激情的爆发，它使周围充满了小说的气氛，那是即将完成的小说，而不仅仅是孕育之中的。模仿者代表那种没有火花和天赋的爱好。革新者则仅仅代表被阉割的仇恨和毫不动摇的好斗性。这是一次重要谈话的只言片语和行动，被猴子偷听到，然后断章取义地、零散地散播出去，根本不去思量催发这场风暴的那种意义。

与此同时，好推测的当选者的命运已经高悬在空中了。差不多可以说出他将成为什么样的人物，却还无法确切地说出他将成为的人物是谁。表面看来，很多年轻人都同样躁动不安，同样在思考，都同样地追求独特。作为一种运动，创新具有显著的一致性。但正如历代的种种运动那样，这只是在摇奖机里翻腾的一堆彩票的一致性。运动的命运永远是运动，也就是用机械将机遇混合起来的一个令人好奇的情况。从一张彩票滚出摇奖机的时刻起，在出口处就会燃起获胜、征服和出名露面之意义的熊熊大火。这场运动叫作未来主义。

马雅可夫斯基是当之无愧的获胜者和中签者。

三

我们是在带有小组偏见的勉强的情况下相识的。早在这之前，尤·阿尼希莫夫给我看过他收在《法官的笼子》中的诗，就像一个诗人介绍另一个诗人那样。这还是发生在模仿派的"抒情诗"小组的事情，当时，大家并不羞于表现出自己的倾向。在他们的小组里，马雅可夫斯基被作为一个现象发现了，并被认为他很快就会作为一个巨人实现自己的远大前程。

可是我在不久后加入的革新派小组"离心机"里（那是在一九一四年的春天），知道了舍尔舍涅维奇、波尔沙柯夫和马雅可夫斯基是我们的对头，我们之间面临着非同儿戏的辩论。他已在一次争吵中占过我的上风，并且在远处就越来越吸引我，同他之间的争辩是番什么景象丝毫没有令我惊讶。革新派的独特性就在于此。"离心机"的出现使整个冬季伴随着永无休止的争吵。整个冬天，我只知道遵照小组的规则行事，为此放弃了自己的兴趣与良知。我打算在必要的时候再一次付出点什么，但是这一次我高估了自己的实力。

那是五月底的一天，天气炎热，我们正坐在阿尔巴特街上的一家糖果点心店里，前面提到的那三个人高声谈笑着，青春洋溢地走进店来。他们刚刚被街上喧闹的电车和马车声淹没的嗓音一点都没有降低。他们把帽子交给看门人，洒脱地向我们走来。他们的嗓音都很动听，后来的诗歌朗诵潮流便是从他们源起的。他们穿着雅致，我们则衣着不整。对手在各个方面都比我们占优势。

趁着鲍勃罗夫和舍尔舍涅维奇辩论的时候——事情缘于有一次他们触犯了我们，我们给予了更粗暴的反击，这件事理应有个了结——我目不转睛地观察着马雅可夫斯基，当时，好像我还是第一次这样近距离地看他。

他把“a”音读成“э”，这就像一小张铁片轻轻振动他的发音，这本是演员的一个特征。他故意表现出的生硬态度，很容易让人想起其他职业和社会地位的特征。在表现惊人特征方面他并不孤立，他的伙伴们就在他身旁，其中一位同他一样表现得像花花公子，另一个跟他一样是个货真价实的诗人。但是所有这些相似之处不但没有降低马雅可夫斯基的独特性，反而使他更突出了，他不是在扮演个别角色，而是同时扮演所有角色，与扮演角色相反，他视生命为儿戏。不用联想他未来的结局，后一个特点从见到他的第一眼就能捕捉得到，这是他令人着迷，又使人感到害怕的地方。

虽然所有人在行走和站立时，别人都能看到他的全身，但是同样的情形在马雅可夫斯基出现时却显得很奇妙——大家不由自主地会转头去看他。自然的事情到了他身上就变得超乎寻常，原因不在于他的身材，而在于他的一个更普遍但不易察觉的特点。在更大程度上他比其他人要外向。在他身上，表露在外和不能改变的东西有很多，而这些特点在多数人身上却很少具备，这些东西只有在一个人走出了思量不清的愿望和未实现的意图的阴霾，在内心受到极大震动的情况下才有所流露。他好似刚刚度过了为以后应对各种境遇做准备的一段可怕的精神生活，大家都看到他已处于这种生活的一大捆不可逆转的后果之中了。他坐到椅子上，仿佛跨上摩托车的鞍座上一样，身体前倾，切开一块维也纳煎肉排，快速吞咽下去；他玩扑克牌时，斜着眼，头动也不动；他高傲地在库兹涅茨克大街上漫步，就像哼着弥撒曲一样，用低沉的鼻音吟诵他自己或别人作品中寓意特别深邃的片断；他皱眉蹙额，不断长进，公开亮相，在这一切的背后，在其深处，仿佛在冰上运动员起跑的直线跑道的那一端，总是隐约看得到先于他所有日子之前的那一天，他做出惊人的起跑的那一天，他如此勇敢而从容地将自己施展开来。在他的言谈举止中仿佛有一种类似决定的东西，这种决定已经付诸实施，而其后果已经不能逆转。这决定其实就是他独特的才华，与这份才华相遇曾使他大为震惊，因此成为了他的终身选题，他毫无怜惜和毫不犹豫地将自己全部献给了这个选题。

然而，当时他还年轻，这一选题所命定的形式还是后话。选题却贪得无厌，它容不得拖延。因此在最初的时候，不得不为了迎合它而预先品味未来的狂喜。而这种以第一人称实现的未来的狂喜，就是姿态。

这些姿态在最高级的自我表现领域里是很自然的，就像日常生活中的礼仪规则一样，他从中选择了外表完整的姿态，对于艺术家来说，这个姿态是最难摆的，对于亲朋好友来说却是最为优雅的姿态。这个姿态他保持得如此完美，以至现在几乎没有可能说出它最为秘密的特征。

而同时，他的羞怯性格正是他肆无忌惮行为的动因，在他佯装的意志下面掩盖着他罕见的多疑的、易于无端陷入忧郁的薄弱意志。他穿的黄色上衣的机理也令人迷惑，他在这种上衣的帮助下，绝对不是为了同市井庸人的西服上衣相抗衡，而是同他自身天才的黑天鹅绒作斗争。这种天才的华丽得腻人的黑眉毛早已激怒了他，早于那些缺乏天赋的人。因为没有人像他那样了解，无法被冷水慢慢激怒的天然火焰的全部鄙俗性，也不会像他那样知道，足以支持种族延续的激情对于创作来说是不够的，创作需要的是能够延续人类形象的那种激情，也就是说内在上同其他种种激情很相似，但其新颖之处却内在地相当于一个新的承诺的那种激情。

谈判突然结束了。我们本来应该消灭掉的对手，毫发未损地离开了。达成的和解条件对于我们来说是相当有失尊严的。

此时外面天色已暗，开始稀稀拉拉下起雨来。对手不在了，点心店里空旷得令人压抑。苍蝇、吃剩的馅饼和被热牛奶弄得模糊的玻璃杯都进入我们的视线，可是暴雨没有下成。阳光怡人地打在人行道上，像甜蜜的淡紫色豌豆一样扭曲着。那是一九一四年的五月，历史的风云突变是如此之近，可是谁去关心它们呢？难看的城市到处闪耀着珐琅和锡箔的光泽，像《金色的小公鸡》里描述的一样。杨树的绿叶像涂了清漆一般闪亮。色彩最后一次涂抹在刺眼的草地上，不久它们便与这些植物永别了。我为马雅可夫斯基神魂颠倒，已经开始想念他了。还需要补充说我背弃了那些我本不想背弃的人吗？

四

第二天，我们偶然在一家希腊咖啡馆的遮阳篷下遇见了他。一条黄色的长长的林荫路延伸在普希金路和尼基塔路之间，几只瘦瘦的长舌头的狗，把嘴巴尽量舒适地放在前腿上，伸着懒腰，在打哈欠。女佣们、亲家母们在闲聊，在长吁短叹。蝴蝶瞬息间并拢翅膀，融化在暑气之中，但是又忽然展开双翅，被不正常的热浪吸引向一边。一个身穿白衣的小姑娘，想必是全身都湿透了，在挥动着跳绳，从头到脚跟形成呼呼作响的圆圈，让自己一次次腾空。

我老远就看到了马雅可夫斯基，把他指给洛克斯看。马雅可夫斯基正跟霍达谢维奇玩猜钱币正反面的游戏。这时霍达谢维奇站起来，付了输的钱，离开遮阳篷，向斯特拉斯特内街的方向走去。马雅可夫斯基独自一人坐在桌前，我们走进去向他问好，然后攀谈起来，过了一会儿，他提议朗诵一段作品。

杨树正郁郁葱葱，椴树则干巴巴地泛着灰色，几条昏昏欲睡的狗忍受不了身上的跳蚤，猛地用四条腿跳了起来，呼吁苍天见证它们在精神上无力反抗暴力，然后又在瞌睡的支配下气恼地躺倒在沙地上。从前的布列斯特铁路已更名为亚历山大铁路，上面来往的蒸汽火车发出嘶哑的鸣笛声。周围的人在理发剃须、烘烤煎炸、做买卖和走动，他们什么也没有察觉。

他读的是当时刚出版的悲剧《弗拉基米尔·马雅可夫斯基》。我全神贯注地听着，屏住呼吸，浑然忘我，我以前从来没有听到过这样的作品。

这里什么都有了。林荫道、狗、杨树和蝴蝶。还有理发匠、面包师、裁缝和火车头。何须再多引证？现在我们大家都记得人人可以买到手的第十版中描写夏季神秘闷热的那段。

远处的火车头像白鲟鱼一样吼叫。在嘶哑诵读出的他作品的王国里，也存在着如同大地上一样的绝对的远方，那里有无限的崇高精神，没有这精神也就没有独创性；那里有从生活的任何一点向任何方向展开的无限性，没有这种无限性，诗歌就只是一时还解释不清的误会。

这一切又是多么简单！艺术作品被冠以悲剧之名，它也应该那样称呼。悲剧被叫作《弗拉基米尔·马雅可夫斯基》。标题绝妙地隐含着一个简单的发现：诗人不是作者，而是以第一人称面对世界的抒情诗的对象。标题不是作者的名字，而是作品内容的姓氏。

五

其实，那次我从林荫道上把他整个儿带进了我的生活。但是他太庞大了，想在分离时把他留住是不可能的。于是我失去了他。那时候，他就不断地通过《穿裤子的云》、《脊柱横笛》、《战争与世界》和《人》让我想起他。在分离期间领悟到的东西是那么巨大，因此就需要一些特殊的提醒。他的提醒便是如此。我对上面提到的每一个阶段都毫无思想准备，每一个阶段，当他成长到让人无法辨认时，便整个重生一次，就像第一次诞生一样。他是让人无法习惯的，那么他有哪些让人不习惯的地方呢？

他具有相对稳定的一些特质，我的热情也是相对持久的，它一直是为他准备的。在这种情况下，似乎我习惯他的过程不该有什么波动。可事实并非如此。

在他创作的旺盛期，我曾花四年时间去习惯他，然而并没有成功。后来，当我朗诵和分析其非创造性的作品《一亿五千万》时，在两小时十五分钟内我就习惯他了。后来，我带着这种习惯陶醉了十多年。后来我忽然在泪水中一下子失去了它，那是当他像往常一样放开喉咙提醒人们想起他的时候，不过那声音已是从坟墓中发出的了。

难以习惯的不是他本人，而是他握在手中的那个世界，他任性地一会儿使其运转，一会儿又使它停下来。我永远不明白一块磁铁消了磁对他有什么好处，为了保持外观的完整，这块马掌甚至连一粒沙子都无法移动，而之前，它能使任何想像都直立起来，它能用诗行的韵脚吸附起任意重的东西。一个人在新的尝试中已走了很远，却在他自己预言的那个时刻，在以诸多不便为代价而进行的这种尝试已成为他的迫切需要时，他却全然放弃了它，在历史上很难找到另一个他这样的例子。他在革命中的位置，表面看是那样合理，本质上却如此勉强和空虚，这对于我来说永远是个谜。

不能习惯弗拉基米尔·马雅可夫斯基的悲剧，不能习惯悲剧内容的姓氏，不能习惯在诗歌中永生的诗人，不能习惯被最强的人所实现的可能性，而不是不能习惯所谓的“有趣的人”。

正是带着这些不能习惯他的负担，我从林荫道回到了家。我租的那间屋子的窗口对着克里姆林宫，尼古拉·阿谢耶夫随时都可能从河对岸到我这里来。他会从C家姐妹那儿来——一个底蕴深厚、才华多样的家庭。我会在这位来客身上看到杂乱而鲜明的想像、装作对音乐不内行的本领，和一个真正演员所具备的敏感和调皮。我喜欢他，他迷恋着赫列普尼科夫的诗。我不明白他在我身上发现了什么。在艺术和生活中，我们所寻找的都是完全不同的东西。

六

白杨树闪动着绿色，宫殿的金顶和白色的石头建筑倒映在水中，好像奔跑的蜥蜴。我穿过克里姆林宫到了波克罗甫卡火车站，在那里同巴尔特鲁沙伊提斯夫妇碰头，然后一起去图拉省的奥卡河。维亚切斯拉夫·伊万诺夫就住在河畔，其他在那里避暑的人大多数都来自艺术界。

丁香花还正怒放。它远远跑到大路上，刚刚在庄园的宽阔入口处为我们举办了一场没有乐队、没有面包和盐的热闹的欢迎仪式。进入大门后，需要穿过一个空荡荡的大院，它被牲口踩得坑洼不平，长满不均匀的青草，我们要走很远才能到达别墅前。

看来那是个炎热而丰富的夏天。当时我为新建的“卡梅尔内”剧院翻译克莱斯特的喜剧《破瓮记》。花园里有很多蛇。每天都会谈到蛇的话题，喝鱼汤时谈，游泳时也谈。有人建议我谈谈自己，我便岔开话题，讲起马雅可夫斯基的事。这样做没有错。我崇拜他。在他身上我能体现出我自己的精神视野。在我的印象中，维亚切斯拉夫·伊万诺夫是第一个把他同雨果的夸张风格加以比较的人。

七

宣布开战的时候，天空一片阴霾，下起雨来了，女人们流下最初的泪水。战争还算是新鲜事儿，这种新鲜感使人毛骨悚然。大家不知道如何面对战争，投入战争就像突然踏进冰冷的水里。

本地人从乡里前往军训地所乘坐的客运火车都是按原先的时刻表发车的。火车开动了，一阵布谷鸟一样的咕咕声追随着远去的列车，不像是哭泣，温柔得不大自然，倒像是花楸果一般苦涩，一边用头撞着铁轨。一位上了年纪、不合夏季打扮、穿得很严实的妇女被大家用手扶着，应征入伍者的亲属们一边用简单的话语劝慰她，一边把她搀扶到车站的拱门下。

这种只在最初几个月里才有的哭诉声，比年轻的妻子和母亲们倾泻出的悲痛更强烈。这已经成了铁路沿线上的一道特殊风景，每当这种场面出现，站长们便会手扶帽檐敬礼，电线杆给它让路。它使国土改变了样子，它披着阴雨天的锡色服饰，随处可见，因为这是刺眼的无法适应的东西，从过去的几次战争起就未被人触动过。昨夜人们又把它从一个秘密的地方取出来，清晨用马运送到车站来，用手把它牵出车站的门廊之后，便会沿着泥泞凄凉的乡间小路把它带回家去。人们就是这样送走了或独自一人或与同乡结伴，坐着绿色的火车奔赴城市的亲人。

至于对那些已编入部队直接奔往恐怖战场的士兵，人们的迎送就没有这种哭诉的景象了。他们都穿着紧身的军装，从高高的暖气货车上跳到沙地上，那姿态一点儿也不像乡下人，身上的马刺叮当作响，在空中拖曳着斜披着的军大衣。另一些人则站在车厢内扶着栏杆，拍打着马匹，这些战马傲慢地用蹄子刨着肮脏的、有些地方已经腐烂的地板。小车站不会白送你苹果的，也不会把手伸到你的衣兜里要报酬，而是脸涨得通红，用紧紧别在一起的手帕的角捂着嘴笑。

九月就要过去了。河边谷地里有一片金色的榛树林，杂乱得像一片垃圾遍地的火灾现场，它的树枝被狂风和摘坚果的人弄弯和折断了，那是在顽强抵抗灾难中弄断所有关节的一副荒诞凄凉的模样。

八月里的一天中午，凉台上的刀叉盘碟忽然间颜色发绿，暮色笼罩着花圃，鸟儿也安静下来，天空开始摘掉被欺骗性地盖上去的明亮的网状夜色，就像摘掉隐身帽一样。死寂的花园不祥地向上斜睨着伤害它自尊心的谜语，这谜语将把大地变成一样多余的东西，而花园曾怎样贪婪地用它植物的根须吮吸大地巨大的荣耀啊！小路上滚来一只刺猬，一条死蝰蛇挂在它的背上，像埃及象形文字一般，又像一根打了结的绳子。刺猬轻轻颤动身体，突然把蛇甩掉，并一动不动地停下来。它重新把一身的枯针打散和展开，并伸出和藏起自己的小猪嘴。在整个日蚀期间，这个多疑的小刺球一会儿舒展成一只小靴子，一会儿又收缩成一团球果，直到预测能重见天日，才钻回窝里去。

八

冬天，C家姐妹之一——З. М. М-娃迁居到特维尔林荫大街。出入她家的客人不少。出色的音乐家（我们很要好）伊·多布罗维因常去她家。马雅可夫斯基也到过她家，那时候我已经习惯于把他看成当代最优秀的诗人了。时间证明我并没有看错。

对了，还有带着细腻的真实性的赫列普尼科夫。但是他的一部分有点直到如今我也难以理解，因为我所理解的诗歌是在历史中流动的，并且是与真实的生活相协作的。还有谢维里亚宁，他是个抒情诗人，善于用莱蒙托夫那样现成的形式直接表达自己的情感，尽管其中存在粗制滥造的平庸，他正是以这种罕见的敞开而坦率的天才结构而令人惊异的。

然而，诗坛的顶峰是属于马雅可夫斯基的，这在随后的岁月里得到了证实。每一次，当后来的一代人想充满戏剧性地表达自己，向诗人借取声音的时候，无论是叶赛宁、谢里文斯基，还是茨维塔耶娃，我们都能够在他们彼此的结合之中，即从他们的时代向世界发出的呼声中，听到与马雅可夫斯基有血缘关系的音符的回声。我没有提到吉洪诺夫和阿谢耶夫这些大师，因为今后我将只限于遵循这条令我觉得较为亲切的充满激情的表现形式，而他们选取的却是另一种倾向。

马雅可夫斯基很少一个人出现。他的随行人员通常是一些未来派诗人，即运动分子，在M夫人家里我看到了平生所见的第一个煤油炉。这个新发明那时还不会散发出臭气，但谁能想到日后它会使生活变得脏污起来，并且使用得如此广泛。

干净的炉体嗤嗤作响，喷射出高压的火焰。女主人和她的帮手们一块接一块地煎好松软的肉饼。她们的胳膊肘泛着一层高加索人常年晒出的巧克力色。当我们从饭厅出来去看望女士们，像对技术一窍不通的巴塔哥尼亚人，俯身去看光辉的阿基米德化身似的薄饼状铜炉面的时候，冰冷的小厨房就变成了火焰国。我们便会跑去拿啤酒和伏特加。客厅里，一株高大的圣诞树像是与林荫道上的树木秘密串通好似的，把树枝伸向大钢琴。圣诞树显得庄严而阴沉。长沙发上堆满了好似甜食的亮闪闪的金银丝线，其中一部分还是装在纸盒里的。装点圣诞树的工作是特意请人来做的，尽可能早开始，也就是下午三时左右。

马雅可夫斯基朗读他的作品，逗得大家直笑，他仓促地吃完晚饭，急不可待地等着大家在牌桌上坐下来。他的殷勤让大家很不安，他会很巧妙地掩饰自己内心的波动。他刚刚出了一件事，正在渡过一次危机。他很清楚自己的使命。他在公众面前摆姿态，但内心隐含的忧虑和狂热，又使几滴冷汗挂在他的姿态上。

九

然而他并不总是在革新派的陪伴下来的，有一位诗人常常跟随在他的身边。这位诗人光荣地经受住了这份与马雅可夫斯基共处通常会发生的考验。在我所见过的他身边的许多人中，波尔沙柯夫要算是唯一一个和马雅可夫斯基相提并论不觉得牵强的人，我可以按任何顺序听他们两人的诗作而感觉不到自己的听觉在受折磨。像后来马雅可夫斯基同终生朋友里·尤·勃里克更牢固的情谊一样，他们的友谊是可以理解的，是很自然的。有波尔沙柯夫陪伴，不必为马雅可夫斯基操心，他不会与自己闹别扭，也不会做出有损于自己的事。

他的爱好通常使人不解。这位诗人具有强烈得惊人的自我意识，在揭示抒情诗的要素方面比任何人走得都远，他以中世纪的勇气使这一要素与某一重大主题关联起来，直到诗歌开始用各宗派都认同的语言讲话，他还以同样的宽度和力度抓住了另外一个更加具有地域性的传统。

他看到自己脚下有一座城市，从《青铜骑士》、《罪与罚》和《彼得堡》的底部向他逐渐升起。这座城市笼罩在一层雾霭之中，这层薄雾因其毫无必要的模糊而被称作俄国知识分子问题。实质上这座城市笼罩在对未来作无穷猜测的烟雾之中，是一座前途没有保障的十九和二十世纪的俄国城市。

他怀抱着这些观点，并怀着强烈的反思，像忠于责任一样忠于仓促之间偶然形成的、永远都不太体面的平庸团体的所有侏儒般的设想。他对真理有一种动物般的本能追求，却让一些任性的、沽名钓誉、奢望太多的人拥在自己周围。或者更为重要的是，他直到最后还一直在运动老手身上寻找某种东西，可是他本人已经早已永远摈弃了这场运动。大概，这是不幸的孤独状态的后果，这种依然确立的孤独状态以后又因墨守成规而自愿加深，而墨守成规有时会使人的意志走向明知不可避免的方向。

十

不过，这些状况是在以后显露出来的。他后来那些古怪行为的症候当时还不明显。马雅可夫斯基朗读阿赫玛托娃、谢维里亚宁的诗，读他自己和波尔沙柯夫的关于战争和城市的作品。我们夜里离开朋友家时，感觉这座城市真是远离战线的大后方。

对于幅员辽阔、具有强大精神力量的俄罗斯来说，我们在交通和生活供应这些永远的难题上已经考得不及格了。从诸如“凭单、药品、许可证、冷藏业”之类的新词中，首批投机倒把的幼虫已经破卵而出。在投机倒把分子在火车车厢里盘算着的时候，这些车厢日日夜夜载着歌声，急速地运走大批精力充沛的本地居民，换回来的却是乘坐救护列车的伤残居民。同时，最优秀的姑娘和妇女们也都报名去当护士了。

求取最真实情况的地点是前线，后方无论如何都会陷于虚假的地位，即使它没有自愿再增添假象以支撑一个谎言。城市躲在空话的背后，像一个被捉住的窃贼，尽管那时谁也没有去捉它。像所有伪君子那样，莫斯科过着表面上提高了质量的生活，它的鲜艳是冬季鲜花橱窗里的那种人工的鲜艳。

在夜里，莫斯科的声音似乎与马雅可夫斯基的声音一模一样。这个城市里发生的事件和他的声音所积聚的雷霆如两滴水般相似。然而这并不是自然主义所梦想的那种相似，而是把阴极和阳极、艺术家和生活、诗人和时代捆绑在一起的那种联系。

M家对面是莫斯科警察局长的住宅。秋天，我办理报名参加志愿兵的一项手续时，连续好几天在那里碰到了马雅可夫斯基，好像同波尔沙柯夫也碰过面。我们互相隐瞒着办理手续的事。尽管有父亲的鼓励，我还是没能把手续办完。如果我没有记错的话，我的同志们那时也都没有办成。

是舍斯托夫的儿子说服我放弃了从军的念头，他是一个美男子，陆军准尉。他提醒我说，我将在那里看到与期望中完全相反的景象，并冷静确凿地向我介绍了前方的情况。那以后不久，他休假结束返回前线，在第一次战斗中就牺牲了。

波尔沙柯夫进了特维尔骑兵学校。马雅可夫斯基后来也应征去服役了。我则在战前的夏季被免服兵役以后的几次体格复查中都获得了免役待遇。

一年后我去了乌拉尔。在这之前我花几天时间去了彼得堡。那里的战争气氛比莫斯科要淡。马雅可夫斯基早就在彼得堡住下了，当时他已经入伍。

像往日一样，首都那充满幻想、未被生活需求耗尽的宽广的慷慨襟怀，将繁忙的交通掩盖得不那么明显了。街路本身显现出冬季和黄昏的颜色，无须把许多路灯和白雪添进银白色的阵风，就能使它们驰向远方，闪耀火花。

我和马雅可夫斯基在利季内区散步，他大踏步地走了好几里路。我一直都对他的善于当陪衬以及成为任何风景画的画框的能力感到惊奇。就此而言，比起莫斯科，他与闪闪发光的灰蒙蒙的彼得堡更相配。

这正是他完成《脊柱横笛》和《战争与世界》的初稿的时期。那时，他那橘黄色封面的《穿裤子的云》已经出版了。

他跟我谈到那些他带我见过的新朋友，讲他同高尔基交往的经过，讲到社会题材越来越广泛地进入他的构思，使他能以新的方式在固定时间里以均匀工作量工作。也是在那时候我第一次去了勃里克家。

把我关于马雅可夫斯基的各种想法安置在《上尉的女儿》的半亚细亚式的冬季景色中，安置在乌拉尔山区和在普加乔夫的卡马河畔，都要比放在首都里更为自然。

二月革命后，我很快回到了莫斯科。马雅可夫斯基也从彼得堡回来，住在斯托列什尼柯夫胡同。早晨我到旅馆去看他。他正在起床，一边穿衣，一边给我背诵他的《战争与世界》中新写的部分。我没有细谈我的印象。他从我的眼睛里就能读到。此外，他很了解自己对我有多大影响。我开始谈论未来主义，并对他说，如果他现在能公开声明让这一切见鬼去，那就太妙了。他笑了，几乎同意了我的意见。

十一

我已经说明了马雅可夫斯基对我的影响。然而，没有伤痕和牺牲的爱是不存在的。我描述了马雅可夫斯基进入我生活时的样子。还有待谈及的是因此我的生活中都发生了什么。我现在就来弥补这一疏漏。

那天我从林荫道上回到家，极受震动，不知道应该做什么了。我发觉自己毫无才华。这倒无关紧要，问题在于我在他面前怀有负罪感，又参不透自己错在哪里。如果当时我年轻一点，我会放弃文学的。可是年龄妨碍我这样做。经历了一次次的变形之后，我已没有决心去第四次改变方向了。

发生了另一件事。时间和共同的影响使我与马雅可夫斯基相似起来。我们有些一致的地方。我发现了这些一致性。我明白，如果我自身不采取什么行动，它们会越来越多。必须保护他免受其鄙俗的危害。我不知道把这定义为什么，便决定放弃导致这些相似性的一切。我放弃了浪漫主义风格。于是就产生了非浪漫主义的诗作《在壁垒之上》。

然而，在我此后禁止自己使用的浪漫主义风格之下，却隐藏着一整套的对人生的理解。浪漫主义是对人生的理解，这人生是诗人的人生。这种理解是由象征主义者传递给我们的，象征主义者则从浪漫主义者，主要是德国浪漫主义者那里改造过来的。

这种观念只在很短的一段时间里影响过勃洛克。他所习惯的它的那种形式不能使他满足。他要么加强它，要么彻底抛弃它。他终于放弃了这个观念。加强了这一观念的是马雅可夫斯基和叶赛宁。

在自己的象征体系中，亦即在想像中与俄尔甫斯教和基督教有接触的一切之中，在以自身作为衡量人生的尺度并为此付出生命的诗人身上，浪漫主义的人生观得到了鲜明和勿庸置疑的体现。在这个意义上，马雅可夫斯基的一生和叶赛宁的命运中体现了某种永恒的东西，它们是用任何修饰语都难以表达的，是那样渴望自我毁灭和逐渐变成神话。

但是，在传说之外，浪漫主义的这个规划是假的。作为它基础的诗人，若没有使他们解脱的非诗人的存在是不可想像的，因为这个诗人不是沉浸在道德认识中的活人，而是一个可供人观看的传记的“标志”，这个标志需要有一个能突出自己轮廓的背景。与借助天堂才能听得到的耶稣受难曲不同，这场悲剧需要有庸才的丑恶才能被人看到，就像浪漫主义需要庸俗来陪衬一样，舍掉了市侩习气就等于损失了自己一半的诗意。

从看戏的角度来理解传记是我们那个时代所固有的。我曾跟大家一样持有这种观点。在它还没有僵化成象征主义者的责任，还没有显示出英雄主义的特征，尚未散发出血腥味的时候，在那个阶段我就放弃了它。首先，我抛弃了以它为基础的浪漫主义手法，因此无意识地解脱了自己；其次，我也有意识地躲避它，考虑到它的光辉不适合我的诗歌手艺，害怕任何形式的诗化会把我置于虚假及不恰当的位置。

当《生活，我的姐妹》问世时，人们看到它的表达完全不符合那个革命的夏季里在我眼前展现的当代诗歌的方向，我完全漠视产生这本书的那种力量的本质，因为与我和包围着我的各种诗学观点相比，它都强大得难以估量。

十二

冬季的黄昏、恐怖、阿尔巴特大街附近的屋顶和树木从希弗切夫-弗拉热克方向凝视着整月没有收拾的饭厅，住宅的主人是位留着胡子的新闻工作者。他性格善良，极其心不在焉，虽然他在奥伦堡已有家室，但给人的印象是个光棍。空闲的时候，他才把桌子上足足攒了一个月的各种观点的报纸搂在一起，连同上边硬邦邦的早餐残渣——那些他在早餐读报时有规律地积存下来的肥肉边儿和面包皮儿，一起抱到厨房里去。在我良心尚存的时候，每月三十日炉灶下面总会燃起噼啪作响的明亮火焰，散出扑鼻的香味，很像狄更斯圣诞节故事中关于公司办事员和烤鹅的描写。天一黑下来，岗哨里便会热情迸发地用左轮手枪开起火来。他们一会儿连射，一会儿向夜空点射几下，杀伤力低得可怜。因为他们完全打不中要害，因而流弹引起的伤亡很多，所以为安全考虑，我很想把街巷里的民兵换成钢琴的节拍器。

他们噼噼啪啪的射击声有时会让位给野蛮的号叫。此时我常常无法立即分辨出这声音来自街上，还是自己家里。这是我家书房里那个唯一的住户——一架带插头的可移动电话机，在从完全失去知觉的状态中偶尔清醒过来的几分钟里呼唤我去接电话。

那是有人打电话来邀请我到特鲁勃尼柯夫街的一所独家住宅，去参加当时在莫斯科的全部诗坛人士的集会，我正是在这部电话里同马雅可夫斯基争论起来的，不过时间要早得多，是在科尔尼洛夫暴乱之前。

马雅可夫斯基通知我，他已把我的名字列在他的海报上，和波尔沙柯夫及里普斯凯罗夫列在一起，同时还有几个他最最忠实的追随者，其中有一个好像用额头撞破过一俄寸厚的木板。那是我第一次像同外人似的同我爱戴的人讲话，这机会几乎使我感到高兴。我越来越激动，一一驳斥他的理由，为自己辩护。使我惊异的与其说是他的不拘礼节，不如说是他表现出的想像力的缺乏。这次冲突，就如我所说，根源不在于他自作主张地放上我的名字，而在于他遗憾地深信，我离开的两年里既没有改变命运，事业上也没有变化。他本该关心一下我是否还活着，是否为了更好的行业而放弃了文学。对此他合理地反驳说，我从乌拉尔回来后，我们已经在春天见过一次面了。但是由于奇特的原因，他的这个理由没有说服我。我很没必要地坚持要他登报声明纠正海报，然而会期已近，这事是不可能实现的了。而且以我当时默默无闻，这样做也是毫无作用的。

尽管我那时没有对任何人说起《生活，我的姐妹》，又隐藏起自己身上发生的一切，但是我不能忍受周围任何人觉得我还是从前的老样子。此外，马雅可夫斯基毫无效果地提到的那次春天谈话，大概还安静地留存在我内心深处，所以在那次交流之后竟然还会发生这种不合逻辑的邀请之事，这真是把我激怒了。

十三

几个月以后，在诗歌爱好者 A 的家里，马雅可夫斯基使我想起了这次电话中的争吵。当天在场的有巴尔蒙特、霍达谢维奇、巴尔特鲁沙依基斯、爱伦堡、薇拉·英贝尔、安托柯尔斯基、卡缅斯基、布尔留克、马雅可夫斯基、安德烈·别雷和茨维塔耶娃。我自然不知道茨维塔耶娃日后会成长为何等无与伦比的诗人。但是，我虽不知道她当时已有许多像《里程碑》那样的优秀作品，却因为她马上就能引人注意的那种朴实，使我本能地把她同在场的人区别开来。在她身上我能感觉到一种很亲切的准备就绪的状态，如果某种高尚的东西点燃她并令她心驰神往，她随时可以放弃已有的习惯和特权。于是我们坦率、友好地交谈了几句。那次晚会上，房间里拥挤着两种运动的代表——象征主义者和未来主义者，而她则成了我抵抗他们的一尊守护神。

开始朗诵诗歌了。朗诵是按照年龄顺序进行的，没有收到什么激动人心的效果。轮到马雅可夫斯基朗诵了。他站起来，用一只手抓住长沙发靠背上方的空搁板的边缘，开始读他的《人》。他像一座浮雕——我在一段时间里经常有这样的感觉，高高耸立在坐着的和站着的人们中间。他时而用一只手支着他那漂亮的脑袋，时而用膝盖抵住沙发的圆扶手，朗读着他那篇深奥而又热情洋溢的诗作。

安德烈·别雷和玛格丽塔·萨巴什尼柯娃一起坐在他的对面。战时他客居瑞士，是革命把他带回了自己的祖国。很可能他是初次见到马雅可夫斯基和听他朗诵，听得入了迷，他并没有表露出丝毫的热情，然而他的脸却清楚地说明了问题。那张脸迎向朗诵者，表情既惊讶，又有感激。一部分人我看不见，包括茨维塔耶娃和爱伦堡。我观察着其他我能看到的人。大多数人都没有放弃把他们框住的令人嫉妒的自尊。所有人都认为自己有名气，所有人都是诗人。只有别雷一个人在忘我地倾听，他的思绪已被一种毫无遗憾的喜悦之情带往远方，因为在它感觉如在家里一般自在的高峰上，除了牺牲和对牺牲的永恒渴望以外，什么也没有。

这次机会将两个文学天才竭尽全力为自己流派辩护的场面展现在我眼前。我身旁的别雷，使我感到一种自豪的喜悦，可是我却双倍强烈地感觉到马雅可夫斯基的存在。在初次相会的新鲜感中我体会到了他的本质。那次晚会上我是最后一次感受到这一点了。

那次集会后，很多年过去了。一年后，我第一次给他朗诵了《生活，我的姐妹》中的片段。他给予我十倍于我指望从别人口中听到的称赞。又过了一年。他在一个小范围内朗读了《一亿五千万》。这是第一次我对他没有什么话可说的。又过了很多年，那一段时间里我们经常在国内和国外相遇，我们试着走近，试着一起工作，可是我能理解他的却越来越少。关于这个阶段的回忆，将来让别人去叙述吧，我在那段时间里遇到了我理解能力的极限，并且看起来是不可逾越的极限。对那段往事的回忆将是苍白模糊的，而且不能给上述叙述的内容增添任何东西。因此我还是直接转向我还有待说完的话题吧。

十四

我要讲的是世世代代一再重现的那种可称之为诗人的最后一年的怪事情。

没有实现的计划突然告终了。往往不能给未完成的部分增添任何东西，除了目前才容许出现的一种确信它们已经完成的新信心，这种信心会传递给下一代。

人们会改变习惯，一心扑在新的规划上，不停地夸口精神上的奋发。可是突然间，一切都结束了，有时是强制的，更多的是自然终止的。此时由于不愿意自卫，它就很像是自杀。于是人们如梦方醒，开始进行比较；醉心于新的计划，出版《同时代人》，筹办一份农民杂志；举办二十年成果展，并想法搞到一份护照出国旅行。

可是在另外一些人看来，他们却似乎是被压迫的、怨天尤人的、爱哭泣的人。几十年来甘愿寂寞的人忽然像小孩儿怕黑屋子那样害怕孤寂。他会握住偶然来客的手，抓住不放，只为别把他一个人留下。见到这种情景的人都不敢相信自己的耳朵。生活给了这些人超过大多数人的保证，可是他们的论断却好像是他们还从未开始生活过，也没有过去的经验或支撑可言。

可是谁能理解和相信：一八三六年的普希金突然被告知他要承认自己是随便哪一年的普希金——譬如说一八三六年的普希金。会有一个时刻降临，在那时，从其他心脏会响起长久的回声，去回应那颗主要的心脏，那颗还活着、跳动着、思考着、想要继续活下去的心脏，这响应汇入一颗再生的、更强大的心脏里。一直在不断加剧的不规律的心跳，终于频繁得突然均匀起来，同这颗主要心脏的频率一致了，然后开始完全和谐地合成一个生命。这并不是隐喻，这是生活中正在发生的事。这是人生的一个阶段，激烈，真实，被血脉相关所加强，尽管这个阶段现在还无以名之。这是一种非人的青春，它巨大的喜悦之情会破坏以往生活的连续性，由于它还没有名字，由于比较的不可避免，它的突然性更像是死亡。它类似于死亡，它就像死亡，然而并不是死亡，绝不是死亡，只要，只要人们不执著于两者的绝然相似。

与心脏一起改变的是回忆和作品、作品和希望、已建成的世界和即将创建的世界。有时人们会问，他到底裹着什么样的私生活呢？现在您可以将他的私生活看个明明白白了。一个巨大的、极其矛盾的地区收缩起来，在聚拢，在变得和谐，忽然间它结构的各个部分同时颤抖了一下，开始了它有血有肉的存在。它睁开眼睛，深深地叹息，把暂时助它一臂之力的姿态彻底抛开。

如果想起这一切是在夜里睡觉，白天守望，用两条腿走路并被称作人的话，那么自然会期待他的行为中会有相应的表现。

一个真实的、真实存在的大城市。那里正是冬天。天黑得很早，工作日还在夜晚的灯光下延续着。

很久很久以前它是可怕的。必须征服它，必须挫败它的桀骜不驯。光阴如水。它被迫认输了，它的顺从成了习惯。要极其努力地回忆，才能想像当年它何以激起那样的风潮。城市里灯光闪烁，有人一边用手帕捂着嘴咳嗽，一边噼里啪啦打着算盘。大雪覆盖了城市。

如果没有新的、原始的感受力，它惊人的庞大身躯就会一掠而过，丝毫不被察觉。在这个新生力量的弱小面前，少年时代的羞怯算得了什么呢。又一次，一切又像童年时那样再次被发现。电灯、打字员、大门和胶皮套鞋、乌云、月亮和雪。可怕的世界。

它竖起毛皮大衣的后背和雪橇的靠背，像一枚掉在地上的硬币，侧立着沿铁轨滚去，滚向远处，温柔地在雾气里平倒下来，那里有一个穿羊皮袄的扳道工的妻子会把它立起来，它又继续滚动，渐渐变小，充满了那么多偶然的事故。在它里面一不小心就会被绊倒。这是一些故意假想出来的不愉快。它们是有意无中生有地吹出来的。即便它们已被吹得膨胀起来，但比起不久前被得意地践踏的那些错误，还是完全不值一提。但是关键在于不能做这种比较，因为后者是在过去生活里发生的，而粉碎过去则是令人欢欣鼓舞的。噢，但愿这份喜悦能更稳定更可信。

这份喜悦是不可思议和无与伦比的，只是，它会把人从一个极端抛向另一个极端，生活中还从来没有什么东西能把人这样抛来抛去。

这时人们的心情会有多么沮丧啊！安徒生和他不幸的小鸭又完整地复现。这时鼹鼠丘又变成了大山！

但也许内心的声音在撒谎吧？也许可怕的世界是对的吧？

“请勿吸烟。”“简单陈述一下你的情况。”难道这些不是真实的吗？

“这个人？他能上吊吗？请放宽心吧。”——“爱？他会爱吗？哈—哈—哈！他只会爱他自己。”

一个真实的、真实存在的大城市。冬天和霜。零下二十度的空气，像柳条制品挂在夯入地下的木桩上，嘎吱作响地横悬在马路上。一切都迷迷蒙蒙，一切都隐没了，没了踪迹。然而在心情喜悦的时候，怎能如此伤感？那么这不是第二次诞生吗？这不是死亡吗？

十五

户籍登记处没有测试真实的仪器，真诚也不能用X光来透视。若想使登记有效，除了经办人强有力的手，再不需任何东西。这样一来，人们便不再怀疑，不再有异议。

他会亲手写下最后一封信，把自己的财富明确地遗赠给世界。他会以不可更改的结局来验证和照亮自己的真诚。现在人们会开始讨论、怀疑和比较。

他们把她同他以前的爱情相比，可是她只能同他一个人相比，同他全部的过去相比。他们揣测他的感情，却不懂得，他不能只爱一时，是要永远地爱，哪怕不是永远，也要用以往所有的岁月来爱。

但是有两个词早已变得同样庸俗了：天才和美女。两者有那么多共同的东西。

美女自幼就受到行动上的约束，她容貌姣好，并且很早就了解到了这一点。唯一能够让她完全自由自在的地方，就是所谓的上帝创造的世界了！因为与别人在一起，每迈出一步都难免使别人受伤，或者使自己受伤。

在少女时代她走出家门，她想要做什么呢？她已经能收到存局待领的信了。她只把秘密向两三个女友倾诉。她已经拥有了这一切，我们可以认为，她离开家是要去赴约。

她走出了大门。她希望引起夜晚的注目，希望空气为她而心动，希望星辰为她有话要说。她很想像树木、围栏以及世上的万物那样，享有当它们存在于户外而非仅仅存在于头脑中时的盛名，但是如果认为她有这种愿望，她会报之以哈哈大笑。她才不想这些呢。她只想在世上有一位遥远的兄弟，一个极其普通的人，却能比她本人更了解她，并且会完全为她负责的。她健康地爱着健康的大自然，她还没有承认，她片刻都不会抛弃和宇宙的感情平衡。

春天，春日的一个傍晚，坐在长凳上的老太太们，矮矮的围墙，毛茸茸的白柳，透出低度酒的浅绿色的暗淡的天际，尘土，故乡，干巴巴刺耳的说话声。周围的声音干燥得像碎木屑，光滑而火热的宁静上面扎满了它们的刺。

一个人从大路上迎面走来，这是她很自然地应该碰到的那个人。她高兴地反复说，她就是出来会他一个人的。这话部分是对的。在某种程度上，谁又不是尘土、故乡和春天宁静的夜晚呢？她忘记她走出大门的目的了，可是她的腿却记得。他和她向前走去。两人一起行走，越向前走，迎面而来的人越多。由于她全心爱着这个遇见的男人，她的脚使她感到非常难受。可是它们继续把她带向前去，这一对情侣彼此勉强跟得上对方。突然间路变宽了，空间显得更荒凉了，于是他们想休息一下，环顾一下周围，但常常就在这个时候，她那疏远的兄弟会赶到这里。他们相遇了。这时不管发生什么事，那句完美的“我——就是你”会用人间一切可以想像到的纽带把他们联接在一起，并且骄傲地、朝气蓬勃地和困倦地在一块奖章上叠印上两人的侧面像。

十六

四月初，莫斯科遭遇了让人恍惚的白雪皑皑的回寒天气。七日雪又开始融化了。十四日，马雅可夫斯基自杀的那一天，许多人还未适应春天万物更新的景象。

听到噩耗，我叫奥丽嘉·席洛娃去了现场，某种东西促使我想到，这个令人震惊的事件会使她摆脱自己的痛苦。

十一点到十二点之间，枪声激起的波纹还在向四周扩散。噩耗震颤着一部部电话机，人们脸色变得惨白，急忙奔向卢边斯基胡同，穿过院子，进入那座楼房。楼梯上已经挤满了从城中赶来的熟人和楼里的邻居，大家流着泪，相互紧紧地偎依着，被这极具破坏力的事件压挤向墙壁。最早通知我不幸消息的亚·切尔年科和洛马金走了过来，热尼娅跟她们在一起。看到她，我的面颊痉挛地抖动起来。她哭着让我赶快跑上楼去。就在这时，几个人从楼上用担架抬下了他的遗体，完全被身东西蒙着。大家都匆忙地下楼，堵在门道里，等我们费力挤出拥堵的人群，救护车已经驶出了大门。我们跟在车后面，长长的一队人向根德里柯夫胡同奔去。

大门外，生活照常进行，冷漠的生活，好像叫它生活是一个错误似的。柏油铺的院子是这类悲剧永远的见证者，已经落在我们后面了。

春风腿脚软弱无力地在橡胶般的泥泞中游荡，似乎在学步。公鸡和孩子们叫嚷着宣告他们的存在，恨不得让所有人都听到。奇怪的是，早春时节，他们的声音却传得很远，尽管城里充满喧闹繁忙的市声。

电车慢慢地爬上什维瓦娅山坡。那里有一段路，起初是右边的人行道，接着是左边的人行道，离电车的车窗非常近，你抓住车上的吊环，会不由自主地俯身去看莫斯科，就像去扶滑了一跤的老太婆，因为她突然四肢着地降落下去，无聊地脱去自己身上的修表匠和修鞋匠，掀起一些房盖和钟楼，把它们重新整理一番，然后蓦地站起身来，抖了抖衣裙的下摆，把电车赶上一条平坦乏味的街道。

这一次，莫斯科的动作显然是这死者生活中的一个片断，强烈地让人想起他本质中的一个重要方面，以致我浑身颤抖了起来，《云》里面那阵著名的电话铃声在我的心里自动响了起来，好像有人在我身边大声发出的声音。我站在过道上，站在席洛娃身旁，俯下身想给她提示那八行诗。但是，“我感觉‘我’对于我来说太渺小了”……我的嘴唇闭得紧紧的，像手闷子里的手指，我激动得一句话也说不出来了。

根德里柯夫胡同尽头的大门口停着两辆空汽车，一伙好奇的人围在汽车周围。

前厅和饭厅里，一些人或坐或站，有的戴着帽子，有的没有戴帽子。他躺在里边，躺在自己的书房里。前厅通向莉丽娅房间的那扇门敞开着，阿谢耶夫站在门口，用头抵着门框上哭泣。房间深处，窗户旁边，吉尔萨诺夫缩着头，全身颤抖，在无声地抽泣。

哀悼的湿雾在这里也时常被忧心忡忡的低语声打散，就像追悼会结束时，那场粘稠得如同果酱一般的祈祷后，人们低声说出的头几句话，总是干巴巴的，像是从地板底下冒出来的，还带有一股老鼠味儿。在一次这样的间歇中，马靴筒里插着一把木工凿子的看门人小心翼翼地走进来，卸下冬季的玻璃窗扇，慢慢地悄然无声地打开了窗户。外面仍然很冷，不穿大衣会冻得发抖，麻雀和孩子们在无缘无故地喊叫，彼此激励。

踮着脚走出房间，把遗体留在那里，有人轻声问了一句，是否给莉丽娅拍了电报，L. A. G. 回答说拍了。热尼娅把我拉到一旁，她注意到 L. A. 面对这次灾难时表现出来的勇敢。她哭了起来，我紧紧握住她的一只手。

无边世界那冷漠无情的表情从窗口倾注进来。沿着整个天空，一排灰色的树木挺立着，守卫着陆地与海洋之间的疆界。我凝视着缀满温暖的、渴望绽放的蓓蕾的树枝，极力想像着树木后面遥远得让人难以置信的伦敦，电报就是发向那里的。那里很快会有人尖叫一声，向我们这里伸出手来，然后昏厥过去。我的喉咙哽住了。我决定再次走进他的房间，尽情地痛哭一场。

他面朝墙壁侧卧着，脸色阴沉，身材高大，床单直盖到下颏，像睡着了一样半张着嘴。他高傲地向我们扭过脸去，就连他躺在那里，就连在这睡眠中，他也不理睬我们，在顽强地竭力向某个方向挣扎。他的脸让人想起他自称的二十二岁的美男子的时期，因为死神将他从未落入它魔爪的表情凝固成了一个面具。这是一种刚刚要开始生活，而不是结束生活的表情——他在生气，在发怒。

前厅里忽然有了动静。除了一直在人群中无声地悲痛的母亲和大姐，亡者的妹妹奥丽嘉·弗拉基米洛夫娜单独来了。她一路急切而喧闹，她的声音先于她飘进了房间。她独自上楼时一边高声与人说话，显然是在对哥哥说话。然后才见到她本人。她像路过一堆垃圾似的穿过人群，来到哥哥的房门前，举起双手，站住了。“沃洛佳!”她尖叫了一声，声音在整个房子里回荡。过了一小会儿，她更大声地叫了起来:“他不说话！他不说话。他不回答。沃洛佳呀，沃洛佳！太可怕了!”

她就要瘫倒了。人们扶住了她，并迅速开始帮她恢复知觉。刚刚苏醒过来，她便急切地奔到遗体旁边，在哥哥脚边坐下来，急促地恢复了她没有说够的对话。终于，就像我早就渴望的那样，我失声痛哭起来。

在他开枪自杀的地方是不能哭成这样的，因为汇聚起来的悲剧气氛很快就把事件鲜明的生动感排挤掉了。那个柏油铺的院子，像硝石般散发着把必然的命运奉若神明的臭味，也就是城市里虚假的宿命论的臭味，它以猿猴的模仿性为根据，认为生活就是由一连串可以忠实再现的感官印象组成的。那里的人们也在哭泣，但只是因为他们哽咽的喉咙能够以动物的预见力再现房屋、救火梯、手枪枪套以及一切能使人因绝望而恶心和因杀戮而呕吐的痉挛动作。

妹妹是第一个按自己的方式尽情哀悼他的人，就像人们为伟人哭泣一样。在她的哭诉的陪伴下，大家也像在管风琴的伴奏下不禁哭个痛快。

她哭诉个不停。“给他们准备浴室！”马雅可夫斯基自己的声音愤怒地说，这声音被他妹妹的女低音变得很奇怪，“让它再可笑些。大家都哈哈大笑了。大家都呼唤过他了。——可是他这是怎么了！——你怎么不到我们家来呢，沃洛佳？”她抽泣着，呻吟着，但又马上控制住自己，她急遽地向他挪得更近。“你还记得吗，记得吗，亲爱的沃洛捷奇卡？”她突然像是提醒一个活人似的说，并随即朗诵起诗句：

我感觉“我”对我来说是太渺小了，
有谁要从我体内极力挣脱出来
喂！
谁在那儿？是妈妈吗？

妈妈！您的儿子病得很重。
妈妈！他心中着了火，
请告诉姐妹们，柳达和奥丽雅，
他已经无处可去。

十七

我晚上回来时，他已经躺在棺材里了。白天满屋子的人已经换成了另外一批。屋里相对比较安静。几乎不再有人哭了。

突然，在外面，就在窗户下面，我看见了他的一生，现在它已完全属于过去了。我看见它从窗边倾斜地离去，类似于波瓦尔斯卡娅街那样两旁栽满树木的宁静的街道。就在墙边的这条大街上，第一个出现的是我们的国家，我们前所未有的、难以置信的国家，一头闯进了时代并被永远接纳的国家。它就站在下面，可以招呼它，拉起它的手。它明显可感的异常之处让人想起了死者。两者的相似如此惊人，他们应该是一对孪生兄弟。

于是我以同样不相干的方式想到，事实上，这个男子也许是这个国家唯一的公民。其他的人也斗争过、牺牲和创造过，或者忍耐过和困惑过，然而他们都是逝去的时代的土著居民，尽管他们有所不同，但都是那个逝去的时代的好乡亲。只有在这个人身上，时代的创新精神才会像气候般地流淌在他的血脉中。他的古怪是我们时代的古怪，仍有一半尚待完成。我开始回忆他的性格特点，他在许多方面都十分独特的独立性。这一切都可以用他对精神状态的熟谙来解释，这些精神状态尽管是我们这个时代固有的，但尚未达到全然的成熟。他从童年时代起就被未来宠坏了，这未来相当早地就被他掌握了，并且显然没有花费很大力气。

一九三〇年

来自图拉的信

一

云雀在自由地啼啭，在莫斯科开来的火车里，数不尽的条纹长椅上携带着窒息的太阳，太阳终于沉了下去。就在那一刻，带着“乌帕”标志的桥梁从成百个小窗户中飘过，司炉工飞在列车最前方，在煤水车里，在他头发的噪声中，在傍晚清新的兴奋中，发现在轨道的另一头，迎面飞驰而来的城市展现在他的眼前。

与此同时，在那里，街上的人们互相寒暄着。他们说：“晚上好”。一些人接着又问：“您从那里来？”另一些人回答：“不，我们去那里。”有人反对说：“太晚了，一切都结束了”。

“图拉，十日。

于是，正如大家和导游商量好的那样，你换到另一个住处了。片刻以前，已经退了床的将军向长桌子走过来问候我，像对待一位旧相识。去莫斯科最近的火车在夜里三点钟发车，他这是来跟我辞行的。看门人给他打开门。那边传来马车夫们的叫喊声，远远听来像是麻雀在叫。

亲爱的，这些送别的场面使人发狂。现在我们的离别变得十倍沉重。从这一点上我开始想像，它把我折磨得够呛。有轨马车过来了，有人给它重新套上马。我要坐车去参观城市了。啊，乡愁！我要用诗歌敲打它，磨钝它，我浓烈的乡愁。”

“图拉。

哎！没有中间道路。应该从第二次电话后就离开，或者沿着共同的道路走到底，一直到走进坟墓。你要知道，天色要变亮了，此时我得按照反方向走完整个旅程，否则会掉进所有琐事，甚至最微不足道的细节。现在它们就将变成极微妙、极精细的折磨。

生为诗人有多么不幸！幻想是多么折磨人的东西呀！太阳——在啤酒里，直沉入瓶底。在桌子对面的应该是一位农艺师或者类似的什么人。他有一张棕色的面庞，用发绿的手搅拌着咖啡。啊，亲爱的，这里都是陌生人。有一个人，是的，见证人（将军），但是他走了。还有另一个，精灵——人们却不承认他。因为是小人物！他们认为自己在从小碟里啜饮着太阳和牛奶。他们并没有认识到，在你那儿，在我们的太阳里，他们的苍蝇被粘住了，厨师的锅碰撞得叮当直响，苏打水喧闹地喷了出来，一卢布的硬币在大理石上噼啪弹了起来，发出好听的声音，像是在说话。我要去参观城市了。它就在照片外面。街上有轨道马车，不过没必要坐，他们说走路也就四十分钟。我找到了收据，你是对的。明天未必来得及赶到那里，我应该好好睡一晚上。后天。当铺那边你别担心，可以往后拖的。啊，写作——只是自己折磨自己，我却没有力气与它分手。”

五个小时过去了。超乎寻常的寂静。用眼睛已经分不清哪是草，哪是煤。一颗星星在闪烁。给水塔里什么人都没有。在潮湿的覆满青苔的沼泽地里，水已经变黑了。白桦树枝的影子在水中颤动，它在打冷战。但是这一切离得很远。非常非常遥远。除了它之外路上没有一点生气。

非同一般的寂静。咽了气的锅炉和车厢躺在平坦的大地上，就像无风的夜晚聚集在一起的低低的乌云。如果不是在四月份——早就打起了夏天的闪电。但是天空不安起来。被一种透明所震惊，好像是生病了，被春天从里到外一点点蚕食，天空不安起来。最后一辆图拉的有轨马车从城里驶来了。可折叠的座位靠背砰砰直响。最后一个下车的人带着信件，信件从宽大的大衣的大口袋里探出头来。其他人走向了大厅，奔向一小撮怪里怪气的年轻人，在大厅尽头吵吵嚷嚷地吃着晚饭。这个人则落在他们的后面，他在找绿色的邮箱。哪里是草，哪里是煤，真不好说，两个疲惫的人正沿着草皮拖着辕杆，在地面耙出了一溜窄道，看不见灰尘，只有马棚门口的灯笼让人模糊地领会到正在发生什么。夜晚突然发出一声拖长的尖叫——然后一切又静了下来。远远的，远远的，在地平线那边。

“图拉，十号（勾掉了），十一号，夜里一点。亲爱的，查查教科书。你一定有克柳切夫斯基[①]的书，我自己把它放到箱子里的。我不知道怎样开始。我现在还是什么也不明白。多么奇怪，多么恐惧。当我给你写信时，桌子的另一端一切都在按着程序不停地进行着。他们自恃才高，朗诵作品，互相恭维，用餐巾擦完剃过胡子的嘴巴后做作地甩到桌子上。我不说他们是谁了。名士派最低劣的样子。（仔细擦掉了。）这来自莫斯科的电影剧团。他们在高墙下的克里姆林宫上演了《动乱的时代》。

读一读克柳切夫斯基的书——我没读过，我想，应该是与彼得·博洛特尼科夫有关的片段。这些引得他们去往乌帕河。我后来得知，他们安排得非常对，他们从河的对岸拍的电影。此时，十七世纪被他们胡乱塞到各个皮箱里，所有剩下的都悬挂在脏桌子的上方。波兰女人非常吓人，那些贵族的孩子更让人害怕。亲爱的朋友！我感到厌烦。这是一个时代典范的展览会。他们搞得乌烟瘴气——我的，我们大家共同的乌烟瘴气。这是无知和不幸的傲慢的燃烧的气味。这就是我自己。亲爱的，我给你寄过两封信。我不记得它们了！这就是它们的词汇表（划掉了，没有替代词）。这就是他们的词汇表：天才，诗人，寂寞，诗歌，无能的人，小市民，悲剧，女人，她，我。

① 著名的俄罗斯历史学家。

在陌生人身上看到自己的缺陷该是多么可怕。这是一幅漫画（没有下文）。

“两点钟。我向你发誓，我内在的信心比过去还要强烈，时间将到来——不，让我以后再给你讲吧。撕碎，撕碎我吧，夜晚，烧成灰烬，烧吧，灿烂地燃烧，燃得通亮，遗忘的、愤怒的、热情的词汇——‘良心’。（它下面有着重线，把纸划破了。）疯狂地燃烧吧，照亮午夜的石油的火舌。

生活中出现了这样的习气，地球上没有一处地方，能让人用羞愧的火焰温暖心灵；羞愧在各处受潮，燃烧不起来了。谎言和混乱的放荡行为。有三十年，所有奇异的人活着并淋湿了羞愧心，衰老的和年轻的，已经被扔到世界上鲜为人知的角落的羞愧心。第一次，从遥远的童年时代起，我第一次燃烧（整句话都划掉了）。”

又一次尝试。信没有寄出。

“要怎么向你描述它呢？我必须从末尾开始。没有其他的办法。这样，请允许我以第三人称来写吧！我给你写过一个男人，正从行李房经过？就是这样。诗人，从此铭记住这个词，直到它被火焰提纯，在颠倒的逗号中，‘诗人’在演员的不当行为中，在揭发同事和时代的可耻行为上审视自己。也许他仅仅是随便想想。不。大家让他相信，他的身份绝对不是不切实际的空想。他们站起来，走近他。‘同行，能破开三卢布吗？’他消除了错误。刮脸的不只是演员。于是他用二十戈比的零钱给他们破开了三卢布。他摆脱掉了演员。但是事情不是刮胡子的问题。这个混蛋说的是——‘同行’。是的，对。这是原告方证人的供词。就在这时，发生了新的，不值一提的小事，但以它自己的方式包含了在此之前候车大厅里发生的和体验到的一切。

‘诗人’终于认出了沿着行李房来回走动的人。这张脸他以前见过。这个人就来自附近，他见过他一次。不止一次，在一天中的各种时刻、各种地点，他见过他。那个时候，阿斯塔波夫①正在组建特别列车，有一节货车车厢来运棺材。素不相识的人们乘坐不同的火车离开了车站奔向四面八方。四条铁路线在这里汇聚、散开、脱离，又重新出现。在那个混乱的枢纽站上，火车整日在偶然中来来往往，穿梭交错。

此种情形下，瞬间出现的想法压住了候车大厅里发生的所有与‘诗人’有关的事，就好像用手柄使旋转舞台转向了另一个场景，其方式是这样的：他认识这是图拉，这是夜晚——图拉的夜晚，与托尔斯泰有关的地方的夜晚。毫不奇怪，磁针在这里开始跳动了！发生的一切都是由于这个地方的自然而发生的。这是良知领域的一个事件，它发生在它自己的矿产区。将不会再有‘诗人’。他向你起誓。他向你发誓，无论什么时间，当他从银幕上看见《动荡的时代》（亦即，无论什么时候电影上演）——乌帕那些场景的曝光会迫使他成为一个彻底孤独的人，除非演员变成更好的演员，并在精神的雷区上践踏上一整

① 托尔斯泰死在该站站长的家里。

天，这些梦想家才不会完全陷于无知和吹嘘。”

当我书写这几行的时候，小油灯从巡线工的小屋里出现，沿着轨道开始缓慢爬行。汽笛声响起来了。铁轨苏醒过来，被擦伤的链条尖叫着。一节节车厢悄悄地滑过站台。它们已经滑行了很久，数不清有多少节。在它们的后面有一个正在逼近的、呼吸沉重的东西，因为是夜间，看不清是什么。原来在火车后面正在进行道路清扫，清扫沿铁轨一个接头连着一个接头地进行，已接近火车。黑夜出人意料地出现在空空的站台尽头，寂静的幽灵沿着所有的臂板信号和繁星闪现——旷野又恢复了宁静。这是货车尾部打哈欠的时刻，它在低矮的棚子下深深弯下腰来，靠近，又滑了过去。

当我书写下这几行的时候，人们开始组合去叶列茨的火车车厢了。

笔者信步来到站台上。黑夜，覆盖着受潮了的俄罗斯的良心。灯光照亮了它。俯身在铁轨上，货物列车缓缓驶过风扬机蒙着粗帆布的地方。阴影践踏着它，一团团蒸汽震耳欲聋，像小公鸡冲出了阀门。笔者绕过了车站，从正面走了出来。

在写下这些句子时，在良心的整个领域什么都没有改变。它发出腐败物和粘土的气味。很远的地方，在它的另一端，桦树闪着光，小河像掉落的耳环。几条光线从候车大厅里逃逸出来，掉落在有轨马车的地板上，掉到长凳下面。这些光线在彼此争斗。啤酒、疯狂和臭味的隆隆声紧随其后，掉落到长凳下面。然而，每当车站的窗户中安静下来，附近什么地方就传来碎裂声和鼾声。笔者来回踱步。他想了很多事情。他想到了自己的艺术，想到怎样才能找到正确的道路。他已经忘记自己跟谁走的，送了谁，给谁写信了。他假想当他不再聆听自己，一切都将开始，一种完全自然的寂静将充满他的灵魂。不是戏剧的，而是声学方面的寂静。

他就这样想着，浑身颤抖。东方发白了，在依然浸没在深夜中的良知的面孔上，跌落了张皇失措的敏捷的露珠。该想想买票的事情了。公鸡叫了，售票处醒来了。

二

在波索里斯卡娅站，那个特别古怪的老头终于躺下了。此时我正在车站里写信，由于他轻轻的小碎步，房间在轻轻震动，窗户里的一根蜡烛经常捕获到连续不断地被寂静所打断的低语。那不是老头的声音。但是，在房间里除他以外再没有别人了。所有这些都非常奇怪。

老头度过了不平常的一天。当他知道，这不是一出戏剧，而是一个随意的幻想，只有它在电影院里以《魅力》展现出来时，它才能成为一出戏剧，他便满脸愁闷地离开了那块草地。当第一次看见那些贵族和军队长官们在对岸摇晃，那些过去是领袖的卑微的人，用绳子连在一起，头上的帽子被打飞到荨麻丛中；第一次看见挂在爆竹柳树丛后面的波兰人，以及他们对太阳光无动于衷、发不出任何响声的长板斧，老头开始在自己的剧目中翻找。那里他没有找到有关这些的记录。这时他认定，这一切全部发生在四五代人以前，属于奥捷洛夫或苏马洛科夫[1]的时代。大家把摄影师指给他看，告诉他作品名为《魅力》、制作单位是哪里，他从心里憎恨那个机构。一切都在提醒他，他又老又孤独，属于另一个时代。他悲伤地走到一边去了。

他穿着土布料的旧裤子，一边走一边想，在世界上再没有管他叫萨乌什卡的人了。这是节日。他在扔得到处都是的葵花籽皮上晒太阳。

通过自己低沉的膛音，那些人用新事物来抨击它。高空中的月亮变得松软，逐渐溶解。天空显得异常寒冷而遥远。他们的声音被刚刚吃喝的东西加了润滑油。松乳菇、黑麦糕、猪油和伏特加甚至滋养了逐渐消失在河对岸的回声。有几条街道人群熙攘。粗糙的荷叶边把裙子和女人们装饰得五彩缤纷。

野蒿一步也不离开散步的人。灰尘飞扬，让人睁不开眼睛，遮住了牛蒡，撞击着篱笆，直往人的衣服上粘。他的手杖像硬化了的老人的躯体。因抽搐和痛风筋脉满是结瘤的身体支撑着他的残年。

他整天都感觉自己置身于一个异常吵闹拥挤的旧衣市场。这是戏剧的后果之一。他渴望悲剧的人类语言，但没有得到满足。这个沉默的裂口在老头的耳朵里歌唱。

---

① 十八世纪的戏剧演员。

他整天都病恹恹的，他没有从河岸听到一句五音步的诗。

当夜晚来临，他坐到桌边，用手支着头，陷入沉思。他断定，这是他的死亡来临了。它与他过去的岁月毫无相似之处，它们痛苦、平稳，这是内在的斗争。他决定从箱子里取出勋章，预先通知什么人，门房——不管是谁都一样——但这时他还是继续坐在那里，希望什么事都没有，希望它会过去。

有轨马车丁丁当当经过。这是驶向车站的最后一班车。

半个小时过去了。一颗星星在闪烁。周围一个人也没有。天已经很晚了。一支蜡烛在燃烧，颤抖着。书架的柔和的剪影，由四根黑色的流动的线条组成，从波浪中升起来。这时，黑夜发出一个拖长的喉音。很远很远。街上一扇门砰砰响，人们开始激动地说话，用适合春天夜晚的声音，周围一个人都没有，只有楼上房间里亮着灯，小窗开着。

老头站起身来，他变了个人似的。终于，他发现了什么。他自己和女孩。众人在帮他，他扑上前去，想去帮助这些模糊暗示，这样他就不会丢掉两者，这样他们就不会消失，这样他就会紧盯住他们，并永远和他们留在一起。他几步走到了门边，半闭着眼睛，挥舞着一只手，把下巴藏到另一只手里。他想起来了。忽然他挺起腰来，勇敢地后退了几步，用不属于他的奇怪的步伐。显然他在演戏。

“哦，暴风雪，暴风雪，我亲爱的彼得洛芙娜！”他发出声来，咳出痰吐到手帕里，又重新说，“暴风雪，暴风雪，我亲爱的彼得洛芙娜！”他发出声音，这次他甚至没有咳嗽，但又出现了类似的情况。

他开始晃动双手，拍打空气，好像刚从暴风雪中回来，仿佛他正在摘下围巾，脱下裹在身上的皮袄。他等待隔壁的回应。仿佛他无法再等了，他问："难道您没在家，亲爱的彼得罗芙娜？"总是同样陌生的声音，他战栗了一下，像预料的那样，相隔二十五年以后，隔壁那边传来亲切而愉快的回答："在——家！"然后再一次，这次完全是同样的声音，带着在类似情况下能增进一个同道的骄傲的幻觉的力量，他伸出一只手，仿佛在他的烟丝袋上犹豫一样，斜着眼向着隔壁张望，断断续续地嘟囔说："哟——我——抱歉，亲爱的彼得洛芙娜——但是萨夫·伊格纳奇耶维奇没有在家吗？"

这已经太过分了。他看见了他们两个，女孩和他自己。无声的抽泣使老头喘不过气来。表在走。他哭泣，呜咽。周围是异乎寻常的寂静。老头颤抖而无助地用手帕揉擦着眼睛和脸，然后抖动手帕，把它揉成一团。他晃动着脑袋，用手拍打着空气，好像有人在咯咯笑，好像有人哽住了，吃了一惊，因为，上帝原谅他，他仍是完整的，这经验没有把他粉碎——铁轨上，人们开始组建去叶列茨的车厢。

整整一个小时，他把自己泡在眼泪里，好像把自己的青春泡进了酒精。当他不再流泪，一切都崩塌了，消失得无影无踪。他立刻暗淡下来，好像蒙上了灰尘。然后，像是良心有愧一样叹息着，打着哈欠，上床了。

他还刮了胡子，就像故事里所有的人一样。像主角一样，他寻找着身体的寂静。他是故事中唯一找到它的人，强迫一个陌生人用他的嘴唇说话。

火车驶往莫斯科，车里面，巨大、鲜红的太阳照耀在许许多多困倦欲睡的身体上。片刻前它才从一座山后出现，现在已高高升上天空。

一九一八年四月

无　情
（摘自中篇小说的一章）

他有一个弟弟。瞧，这就是他。他在雪地上咯吱咯吱地走着，绕着房子走了一圈，又走上了吱吱作响的冰冻的小楼梯。房子陷入了暴风雪的包围，狂风呼啸，满耳都是风的怒号声。他开始敲门，冷风冻僵了他的手，他必须使劲地多敲几下。暴风雪疯狂敲打着护窗板，淹没了他的敲门声，屋内的人难以分辨。

这是一所建在小山丘上的房子。屋里人终于听到了，为他打开房门。开门时他的手套随着门一起脱开了。他一把抓住飞着的手套——银白色的暴风雪从大地涌进了过道，风吹到了灯上，吹到了远处丁当作响的铃铛。他又被卷到开阔地里，风灌得他喘不过气来，他高喊着找人帮忙。强烈的旋风把他带到屋前，门被风卷挟着不能固定，他利用雪橇路的缓坡慢慢向上移动。令人窒息的大雪在方圆数十俄里的周围冒着烟。

他终于抓住了门，插好了。大家走上来，迎接这个直立在毡靴里的幻影。

科瓦列夫斯基问道：“送走了吗？”

他舔了舔嘴唇，擦了擦鼻子说：“是的，都送走了，现在都坐车在路上呢。您也该收拾一下了。”

屋内开始忙乱起来。大家拿出包袱和篮子。自从天黑以后，桌子就被腾出来了，大人开始称量葡萄干，孩子们莫名其妙、糊里糊涂地心情郁闷起来，待一切都收拾好以后，跟孩子们解释明白以后，好像大家都没什么可说的了。时间尚早。孩子们起劲地大声哭叫，互相指责："别佳，你嚎什么？""我哭是因为爸爸走了。"说完他们分别扎进自己妈妈的围裙里。一切都源于真相，都是为了摆脱昏暗的暮色，为了摆脱无核黑葡萄干；为了摆脱风雪交加的田野和房间里的一片混乱；为了爸爸的离开，为了灯、篮子和皮袄。

取而代之的，仿佛谁做了一个手势，孩子们突然被抱起来放到保姆和妈妈的手上，大家群情激奋，突然一下子都向走廊走去，门廊的两扇门和外面的车夫遥相呼应，出发的人们一再拖延着动身时间。头头们来了，大家开始祷告，在自己胸前画着十字，内心情感涌动，一边是互相贴面告别，一边是催促出发的声音。

他们每个人都拿着火把，在夜色中噼啪作响，火星却丝毫也没有溅到雪地上。鞑靼人——一共有三个，但看起来像有十个，马早已经套好，依次站在那里。他们一个一个快步向马奔去，还有时间来得及往下拉拉牵马的皮带，用火照照马的蹄腕骨。他们猛然欠起身，发疯了似的开始奔忙、跑来跑去，他们挥舞着火把，持着它时而冲向带篷马车四周放着的箱子上，时而冲向车后的方向，时而在马的口鼻下形成一条窄而完整的彩带，在空中盘旋而上，一阵疾风吹来，火焰一会儿飘向雪地，一会儿飘到马肚下面，一会儿又飘向马的腹股沟下面。

动身的时刻掌握在他们手里。而周围——风雪中的森林在呼呼作响，田野在喃喃呓语。这个夜晚倔强的声响，仿佛懂鞑靼人的语言似的，同正往车棚顶上爬的米尼巴依大声争辩，抓住他的手臂，建议他不要像吉马捷特金说的那样提箱子，也不要像嗓子喊哑了的加里乌拉那样放置已被旋风刮倒了的箱子。动身的时刻掌握在他们手里，鞑靼人真巴不得马上抄起鞭子，打一个响鞭，任由车马沿最近的路飞奔起来。这种情况下，马几乎是勒不住的，车夫们也像醉汉见到了酒杯一样无法控制，要操心的事会一个接着一个，车夫们每到驿站，时而吆喝，时而和声细语。进出驿站时，当他们费力地给东家的皮大衣外边套上长褂时，由于狂热和激动，手会像醉鬼般抖动。

就这样，该告别了，最后的吻，把热烈的感情留给留下的人。戈尔契夫上车，一下子就栽到车的里面。他的后面，科瓦列夫斯基被三对下摆给绊住，费力地钻到车毯下。他们把头埋进枕头，身子压在干草和熟羊皮上，听不到原木车底下传来的声音。激情从篷车的另一侧升起，突然又降下去，消失了。

篷车猛然动了一下，有点打滑，在原处努力坚持了一下，还是开始滑向一侧。在亚洲人心底的最深处传出了轻轻的呼叫声，米尼巴依跟在吉马捷特金后面，他们用肩膀校正脱落的篷车，然后助跑着跳上了赶车人的位置。

篷车像长了翅膀一样冲了出去。它隐没在附近小树林的后面，田野在它的后面一片蓬乱，哀叫着站立起来。它似乎对篷车的毁灭感到高兴。它从形状好似两只便鞋一般的支路之间穿过，在通向奇斯达波利斯卡-喀山公路的转弯处消失得无影无踪。米尼巴依在这里爬下车，说了声祝老爷一路平安，便消失在暴风雪中。他们飞跑着，飞跑着，宛如离弦的箭，沿着大路一直奔向前方。

“我们曾在这里相遇，我把她叫上跟我在一起了。”一个人这样想着，呼吸着毛皮上融化的潮气。

记忆中是这样的。剧院那里聚集着大量的电车，前面也聚了一大群焦急的人。引座员用耳语说：“演出已经开始了。”她引导大家来到半圆的梯形观众席，观众席的黑暗出口被灰色丝绒帷幕遮住，外面的灯光照着存衣室，还有长凳子、套鞋和广告牌。幕间休息时（它的时间被拖长了），人们散着步，斜歪着靠着镜子聊天，不知道自己和别人的手该往哪儿放，但是都极热情、温馨地交流着。“这不，反复翻阅所有这些，”她喝了一口矿泉水继续说，“我都不知道要如何选择，不知该怎么做了。所以如果你听说我妹妹走了可不要吃惊。这两天我就去协会注册。”男人说：“最好你和我一起去卡马河。”女人笑了。

幕间休息时间延长了，因为在第二幕开始时添加了音乐节目。节目里没有单簧管不行，而单簧管手又因剧院前面的电车堵塞而耽搁了。

幕布底部在彩灯下焕发出新的光彩，人们各就各位。有人低声说：“他成了残废了。”

“他躺在车轮下不省人事，成了残废了。”她边说边在呢子地毯上敲了敲沉重的套鞋，同时顺手抓住从肩膀和手臂上滑落下来的围巾和披肩。他们是从别人那里知道这些的。

一个人这样想：“啊，现在他们会感到奇怪。”他努力把自己的思想和雪橇的行程连在一起，篷车的颠簸使他昏昏欲睡，渐渐进入了梦乡。

另一个人想到他们此次突然出行的目的。他想到了当前的事情，想到自己的少年时代，想到在那里见他会是什么样子，想到第一步该做什么，从哪儿开始。他还想到，戈尔契夫正在睡觉，不要猜测戈尔契夫会失眠，睡觉是他自己的事，他闷头沉睡，从一个睡魔到另一个睡魔，从一个坑洼睡到另一个坑洼。与之相伴的是他对革命的信念，这种信念又像以前一样深植在他的心中，重于皮袄，重于行李，重于妻子和孩子，重于自己的生命，重于其他任何东西，甚至在睡梦中都不想放弃，现在如果能抓住它们，一定要把它们拉到身边来重新温暖它们。

他冷漠而不由自主地抬了一下眼皮。他们的惊讶是无意识的。村子沉睡在深深的死寂中。雪闪着亮光。三驾马车转弯了。马从公路上下来，站住了，围成一圈挤在一起。这是一个宁静、晴朗的夜晚。领头的马高昂着头，从雪堆高处凝视着后面留在远方的东西。在木屋的后面，被一团冷空气紧裹着的月亮神秘地变暗了。越过庄严的森林和没有人烟的暴风雪的田野，碰巧遇到了一处有人住的房子。它好像意识到，自己是如此令人害怕又如此神奇。它亮着光，不急于回应车夫的敲门声。它默不做声，把自己令人苦恼的魅力延长再延长。雪在闪闪发光。

过了不久，有两个声音，在互相看不见的情况下隔着大门交流着，大门把他们之间的世界平分为两半，两个人在没有界限的平静中透过木板交谈。里边的人把房门打开了，牵起木屋后那匹向北方眺望的马，而在门外等待的这一位，则去牵雪堆后面刚刚露出一点点身影的那匹马。

在那个驿站里，吉马捷特金叫醒了科瓦列夫斯基。戈尔契夫不认识他们的车夫，可是他一眼就认出了那位杰缅吉·梅哈诺申，有一次，在离这里六十俄里远的办事处，他曾给他发放过执照，是关于他经营一辆三驾马车的，最近一年他驾驭着马车跑在比利亚尔和休金斯基两地之间，他在防御线上运输。

他想起这些，觉得很奇特。当初他对这个板房和院子进行确认，给这个童话般的村庄和漫天星斗的夜晚签署执照时，他完全不知晓会有这一切呀。

然后，大家在院子里重新套上了车，睡眼惺忪的车夫妻子给他们拿来茶喝。时钟声滴答滴答的，不连贯的谈话令人感到窒息，臭虫爬在日历牌上，爬过王室成员的头像。那些睡在长凳子上的躯体，鼻子呼呼作响，匀速而不合时宜地打着呼噜，就像上了各种发条的机器。杰缅吉走进来又出去，跟每一个新来的人打招呼，看一看从钉子上摘下了什么，或者从羽毛褥子下面拽出了什么。他第一次穿上了粗呢无领上衣——像乡下好客的人那样，告诉妻子，给先生们拿出白糖，取出白面包。另一个人——一个穿着西比尔卡上衣的雇工走进来——取缰绳。终于，第三个人，穿着粗呢上衣的车夫来了，但没进屋，他躬着腰，在门厅那边说，马已经备好，已经四点钟了，该集合了。他用鞭杆顶开门，走到了黑暗之中，他一出门，带来一阵叮当的响声。

所有余下的路程伴着两个人的记忆走过。当戈尔契夫醒来的时候，天已经亮了，大地上烟雾弥漫。络绎不绝的车队在路上排成长长的直线，沉重地喷着雾气，他们超过了这列车队。原来，那些是运木材的雪橇，赶车人为了能暖和一点在原地跺着脚，他们不断地尖叫，车身从一边歪到另一边，摇晃着，就是不往前走。

他们的车所在的那条小路的旁边是一条宽阔的畜力车道。这条大路要比小道好许多。不灭的星光在摇曳，而在此地，某人的脚抬起又放下，某人的手腕在来回活动，此地有马的头、长耳风雪帽和雪橇。这是一个普通村镇郊区的早晨，一团灰色的、难以忍受的、结实的潮气沿着清澈的天空飘向了另一边，在那里它感觉到了生铁，工厂楼房的砖，堆积已久的潮湿煤炭，废弃的仓库和烟尘。而带篷的马车在飞驰，越过路上的一个又一个坑洼，铃铛突然不响了，车队还没有看见终点，虽然早已过了日出的时间，但是距离见到太阳还要走很远的路。

还要走很远才能见到太阳，距离见到太阳还有五俄里的路，他们在客栈里做了短暂的停留，厂长来叫他们，于是，过道的粗地毯上响起了长时间的沙沙声。

这时太阳已经出来了。它同他们一起进入了客厅，阳光撒在地毯上，滚进花盆里，向窗内的小鸟和笼子微笑，向窗外的云杉微笑，向炉子和四十四卷本的布鲁克豪斯全集的皮书脊微笑。

科瓦列夫斯基全部时间都在同厂长谈话。窗外，院子在玩耍，现在仍没有停止，它不知疲倦地让松树泉涌出酸涩的松脂，有的松脂像绿松石，有的像一滴滴融化的白霜，有的像琥珀。

厂长的眼神瞄向戈尔契夫。

“这是我的朋友，”科瓦列夫斯基赶忙插话进来，“坐在他旁边吧。随便一些。你认识布列什科夫卡娅吗？”

他突然站了起来，转身向着戈尔契夫，就像受了惊吓一样高声问道：“那么，我的文件呢？我说了——肯定有。哎哟，科斯佳！现在该做什么呢？”

那个人没有马上明白他的意思。

“护照在我这儿。”

“一卷东西，”科瓦列夫斯基生气地打断他，“要知道，我已经让你记住这件事了。”

“啊，尤拉，对不起。东西在那里。实在太糊涂了，我怎么这么……”

这家的主人穿着紧绷绷的短上衣，向下边人分派着家务，嗤了一下鼻子，一边看了看手表，然后用火钩把炉子里的木材翻动一下，忽然起身，想跑到什么地方，又好像改变了主意，便转身跑了回来，在桌边站住，伸长了身体。桌旁，科瓦列夫斯基正给他的弟弟写信：“总之，最好不要，愿上帝保佑能继续这样下去。现在我要去头头那里。一定要准确完成所有的事情。以前科斯佳说，在机器的大箱子里留下了一卷东西，和我的违禁印刷品在一起。把它打开，如果在小册子中间你找到了手稿（回忆、组织范围、用密码记录的通讯员的活动时间、我们的秘密住所和库里赛拉的逃跑等等），你就把这些东西都包好，像以前一样，就在第一个可靠的有利时机封好，并寄到莫斯科我的名下，地址是：捷普洛利雅特办事处。当然啦，你看情况见机行事。要知道，你自己也不是傻瓜，在形势起变化的情况下……”

沙沙的走路声过后，主人轻声说道：“请喝咖啡。”他又对戈尔契夫谨慎地解释道：“给您，年轻人。”然后恭敬而沉默地转向科瓦列夫斯基的手臂处，琢磨着要用来表达自己的话，他的手在即将掠过的文件上方呆住了。

窗前走过三个被俘的奥地利士兵，他们边说话边擤鼻涕。他们走着，绕过了前面的小水坑。

“——在形势发生变化的情况下——”

由于奥地利人的出现，乌鸦飞了起来，沉重地落到了先前的树枝上。

“……在形势发生变化的情况下，”科瓦列夫斯基拿到了没有够着的茶，继续写道，“寄往莫斯科的一卷东西就不要寄了，要包得安全些。至于其他我们已定好的事情，就全指望你了。我快要去赶火车了。

“累得要死。我们想要在车上多睡一会。我另外再给玛莎写信。好，再见！

“交给P. S.，原来P是厂长——老社会革命党人。这些以后再说吧。”

这时戈尔契夫往办公室里看了一眼，手里拿着咬了一口的奶油面包，他啃着有点欠火的面包瓤，说:“你是写给米沙吗?写吧，把我的公文……”他又咬一口奶油面包，咀嚼后咽了下去，然后说，“一起寄走，我反复考虑过了。尤拉，别忘了，去喝咖啡吧。”

一九一八年十一月二十日

小说中的三个章节

一、一些日子

这是很早以前的事了。“嘎兹——咋”，他们迎面迸发出这样的喊声，突然，一群卸下鞍头的马像浩瀚的海水直涌过来，他们出现在马背组成的群峰之上，马群在他们的前面、后面驰骋，他们骑着马，带着马群迅速转了弯，如刚才描述的样子，赶着他们鬃毛蓬松的名为库尔德的马群，沿着人行道飞驰而下。马的鬃毛颤动着，缰绳上的铁环也颤动着——突然，他们掉转了方向，疾驰而去。

啊……爬起来的尼基茨卡不知道，所有的东西都哪里去了。人行道两旁的石墩、天空，还有刚刚还在乱嚷的黑色卷毛羊，也不见了踪迹。

舒特茨是有钱人家的儿子，和一个非常有名的革命者是亲戚，这些就足以让人认为他是个革命者和富人了。舒特茨还具备与众不同的优点，他具有神秘感，这使人惊奇和难以揣测，因为逐个思考二十个假设，也比猜测病人肚子里的绦虫快。舒特茨身上的神秘蠕虫是他撒谎的特性，这撒谎虫在他身体里活动，当它饿了的时候，就用头触动舒特茨的喉咙，它的身体损失一段还会长出一段，他觉得，一切就应该是这样的。他在尼茨什那里看到了这种蠕虫。

列蒙赫过去的经历和革命的关联要比舒特茨和革命的关联要纯粹，您知道乌克兰之夜吗？一条极小的河流在他思绪里展开，这条小河在政客们的大脑里留下深深的烙印，深过流淌进波多利斯基泥地里的暗黑的河水。贩运私货的人、换乘的马、边防兵、四轮车和命运，都在他的唇间以宣叙调展现出来，比卡尔曼舞蹈的伴奏音乐还要浪漫。

斯别科托尔斯基或早或晚都会和舒特茨相遇的，因为他像舒特茨一样四处游荡，为了胡作非为，欺骗迷惑人。他也一样到处窜，寻求着迷惑和惊奇。

本故事开始所在的一九一六年，斯别科托尔斯基想起舒特茨不是偶然的。他们初次相识于一九〇九年的七月，五个月以后，有一段时间他总是出现。

不知道是他抛弃了新妻子，还是被妻子抛弃了，他从国外回来已经对吗啡有了瘾。他用假姓氏租了一个带家具的房子，在那段时间，在他所谓的真相下，他在做一件事情，就是从服兵役里解脱出来。

这一天他很忙，他用颠茄滴眼后去了眼科医院，当他到医生那里进行测试的时候，那个熟悉的医生确切地告诉他，只要他到他们这里做检查，眼科医生就能给他开一张彻底退役的证明，后来这个证明叫做“免服兵役证”。

透过三色堇检查孔看到的应该是黄色和淡紫色的科季里昂

蝴蝶结图案，但是他遇到的完全是紫色、颠茄色的，它们看上去总是比实际的样子要近，要大。在认识蝴蝶结色彩的这段时间，舒特茨的眼睛都看不见眼白。

远处闪电的反光用弱智者的目光扫视着这个城市，闪光落在柜子上、墨水瓶上、装着铅笔的高脚杯上。闪光扫视时，带着精神病人脸上忧郁的表情，房间里覆盖着灰尘。这个公寓叫做“麻雀公寓”，使人印象深刻的是，那些窗帘好像在窗边小声开会，又突然随风跑到房间里，带进来飘零的树叶的清新气息，偶尔飘进来的几滴雨点很快就干了。电光照亮了透明的薄纱帘，那纱帘……

一种感觉总是萦绕在斯别科托尔斯基的心中，那就是窗帘们的窃窃私语好像缺少了某个人参加似的。它们仔细留意了一下，这个感觉没有得到通过，错觉是因没有雷声的闪电引起的，这是没有雷声的讲座。

二、少女的怨恨

几年过去了，他们被淡忘了。几度冬去春来，很多事情都已被忘记，那些经历过的面孔也早已模糊。

那几条蛇一样蜿蜒曲折的小河，也被淡忘了，它们的支流两岸，榛子树干枯的枝条像蟹钳一样不时地轻轻摇动。曾经由几个小支流组成的一片滩地被淡忘了，只有那快干死的土地还能感到这些湿润溪流的存在，这些溪流像水珠一样一滴接一滴在卢赫罗尔地区流淌着，哗哗作响。追寻着它们的足迹，麻雀一路欢叫，沸腾着，忽然在转瞬间悄悄溜走。

夏天过去了，整个夏天，一簇簇旱金莲垂在建筑物望楼的石头栏杆外面，在旱金莲下面，在卢赫罗尔浅滩，河道上的挖泥机一直轰隆隆地响个不停。

夜晚过去了。在这个晚上，载泥船准时燃起了灯，它最后一次喘了口粗气，鸣起嘹亮的告别的汽笛声，掉转船头，开走了。那汽笛声从前是那样密集，而后日见稀少。

挖泥船开走后，河岸轻松地叹了一口气，奥卡河水满满的，几乎涨到了岸边。河水静静地流淌，它是多汁的，如岸边的柳丛，它负荷满满，好似受到沙洲的挤压，它又很灵敏，像在饮水的马。

那一瞬间过去了，那一瞬，月亮刚刚瞥了一眼河湾的船坞，又转头注意到远方军乐团的幻影，那幻影不一定在什么地方会随着月亮突然浮出水面。

在一段时间里，这些扑朔迷离的景象会给人们带来美妙的感觉。很快，它又变得那么巨大，不会再吓人和胡搞了。它把人激怒了。

一种无名的激动充塞了女人们的内心，她们聚集在满是石头的岸边滩地上，穿着红色臃肿的女人衬衣，好像因为冷了，她们打发男人们去取披肩。听着这些怪事，望着河道。那里到处闪烁着浮标一样的水波。星星在闪烁。

普列奥普拉任斯基兵团①在行军——正是这个军团，所有

---

① 俄罗斯帝国最著名最古老的皇家近卫军之一，一六九一年由俄罗斯沙皇彼得大帝在普列奥普拉任斯基村编组成立，因此得名。一九一八年解散。

人都认识这个军团，他们缓缓、缓缓地行进着，不知道身处何处，他们前进，停止，再前进，到达了岸边，从来没有这般士气低落。

过了很久很久，挖泥船从岬角的后面开走了，岬角处的水面上，冒出了一艘轮船的烟囱，这艘轮船好像对航线一无所知，长久长久地拉着缆绳。在芦苇和星星之间，在月亮和林子之间，静静地显现出闪着灯火的驳船的轮廓，驳船驶向公园，驶向米勒，驶向蜿蜒的水湾，驶向维诺格拉茨卡娅，驶向她的姐姐，驶向奥丽嘉·捷日涅娃。

像所有的拖船一样，船上矗立着大柜子、吊铺和架子，令她不解的是船上没有人。

但已经渐渐听到从岸边传来了乐曲声，士兵在树林里行进，他们马上就会进入草地，迎接从水上运来的军团的给养。

一个小时过去了，这一个小时是昏暗的，如同驻扎的营地，是时隐时现的，如同雾里的沙滩，是自然明澈的，如同清泉。在这一个小时里，岸上三次派出小船来接军官，每次小船返回岸边的时候，手提探照灯的光束总是沿着水面先到达岸边。光束随着船头微微晃动着，仿佛在树丛里搜索着什么，光束从灌木丛下双手抓住了没有防备的河虾，把它们抛向岸边，飞出的河虾被那棵在水滨浴场上空微笑着的老掉牙的古赤杨接住了。

这时候，传来几个人长短不一、声音大小不一的说话声：

“跳！基比列夫！”

“为什么拿着灯，放船尾上。”

“噢，啊？什么也听……！”

“……最……后……的？”

“说啊，不——还是……去一趟，——把塔彼里奇运过来。”

黑夜过去了，整夜，一个个新的嗓音摇荡着公园，军官们留在军队首领——首席贵族弗列斯捷林那里过夜，那些肯定会向他们提各种问题的人没留在这里，在今天一路上经过的村庄里，地主的庄园里，小教堂里，空地上，人们都毫无例外地向他们提出过这些问题。正式动员令还没有下来，另一种生活使他们体验到新的感情，而在这个新的感情世界里，这份无法回避的责任是最重要的，这份感情把他们放在人群中间相应的位置上：女人堆里的男人，孩子堆里的成人。眼前呈现出事物的次序，在这次序里，根据严格的官衔制，必须像遵从上帝的旨意一样直接遵从他们，而战场会奖赏给他们近乎伊林节①天神般的荣誉。

夜在流逝，在夜即将过去的时候，烟灰缸里堆积如山的烟灰，好像正在等待合适的时刻，等待烟灰和所有的烟蒂一起倒向那杯早已被呛得人流眼泪的烟熏得发黄了的茶水。烟灰散发着微弱残留的烟雾，在东方的晨曦里等待着。一撮乱蓬蓬的头发无精打采地耷拉在打着呼噜、蒙在被子里昏睡的脑袋上。

突然一个人打了个哈欠，另一个人开口说话了。

“我在梦里见到基辅了，梦见夜晚在博尔基的别墅区，我

① 东正教及南斯拉夫的传统民族节日，纪念俄罗斯圣徒、先知伊里亚的节日，八月二日。

和小姐们无意间走进了一个乐队的驻地，士兵们在睡觉，在森林里。但最美妙的是，那些号角散发出金属乐器特有的气味，我说的是实话，你在听吗，瓦利亚！”

“在听，小点声。”

“那些乐器摆在草上，铜制的，闪闪发光，在露珠里不停地发出气味，你们知道吗，就像杏仁，或者，还像，如果揪下一个菟丝子，樱桃色的果核，或青蓝色，而周围——夜，那样幽深的夜！您在做什么，瓦利亚？”

“我想，今天会宣布的。阿·斯别克托尔斯基？烧酒一点儿也没有了，喝这点就醉了，您先别说话。你怎么想的？”

“是的，瓦利亚。”

“还有很多烦你的东西，比如，这里这个姑娘，没完没了地纠缠，你告诉她吧，对，就跟她说这是战争？看在上帝的份上——在阿列克辛镇能遇上？您怎么认为？”

“大概已经宣布了，只是我们不知道，命令还在路上，我想。”

“这是因为，您对她说漏嘴了。”

黎明灰蒙蒙的，烟头塌进了茶水里，云渐渐散开了，苍蝇像未脱粒的坚硬的谷子一样嗡嗡敲打着窗户。

“瓦利亚，这是在《伊戈尔军团》[1] 中的——少女的怨恨？”

“是，看来是。”

“为什么叫‘怨恨’，您明白吗？”

---

[1] 俄罗斯史诗《伊戈尔远征记》中的伊戈尔军团。全诗是根据一一八五年罗斯王公伊戈尔一次失败的远征的史实写成的。

“这个翻译成‘不幸’。”

“怎么会这样翻译？那些词，上帝啊，是一种语言啊。那里也提到号角什么的。忘了。”

苍蝇发出嗡嗡的声音，军官们还睡着。

三、楼梯

斯别科托尔斯基有一位了不起的父亲，他曾在管理委员会任职，后来辞职并经常与作家、教授们往来。行为怪怪的。

他经常从水盆或桌子边跑去开门，两手轻轻一拍，又急忙闪身，和对方来个拥抱，大叫道：“我们怎么住啊？怎么住啊？怎么住啊？”然后他回到窗帘那儿，用手摇摆几下坠饰，就像《美人鱼》里的磨坊主那样。穿廊里的柜子减少了一些，它们显得忽明忽暗，他又朝穿廊深处大喊：“嗯，嗯！啊？格拉莎！卡佳！嗯，嗯！喀秋莎！嗯，嗯！我们在门口像傻瓜一样站着干什么啊？人已进来了，正脱大衣，穿上防水胶鞋去餐厅，去书房，去喝茶。要不我们也和他们一样脱下衣服去餐厅喝喝茶吧，啊？格拉莎，卡佳…”

格拉莎是个女仆，而卡佳是他的姐姐，他可以本能地猜到每个到访的陌生人是谁，如果这之后他还会跳上窗台或做些别的事，就说明他疯了。而现在他是在逗人乐，似乎只是如此。

姑姑卡佳的裙子领高得能盖住她的脖子。她略微抬起下巴，脸上泛着友善而又不自然的笑意。她的眼神深邃，这是一双沉静而又轻易就表现出惊奇心理的忧郁女子的眼睛。讲话者的内容都会在她那里得到放大，无论他说得多么漫不经心，他的话在她那里都会不断增长、放大。她神采奕奕地点头呼应，直到将别人的话打断。

当四个家庭的人们从基斯卡洛夫的一个房间走出来时，他们在明亮而宽敞的二层楼梯上通过看门人互相认识了。

“我就说嘛，你也是讲习班的学员，我见过你很多次了，前两次都是偶然的，第三次我突然听到了钟声，但没有跌伤。我已经习惯了，习惯了一切，和将要发生的，习惯这个鬼东西呀，听那种声又响了，别跑呀卡拉奇卡！”

看门人手拿着白面包去取报纸了。他有双猪一样的，同时又像天使一样的眼睛，如勿忘我一般天蓝色的眼睛。冬夜里，当他在楼下生炉子时，热得头昏脑涨，忠厚朴实的他长有一头褐色的草一般的头发，大滴的汗珠从他的头上流下来。

如果向他打听一下，他就会给你讲起从明斯克寄来的信中有关谢尔盖·格纳奇耶维奇的事。感谢上帝，那位先生腿受了伤，感谢上帝，还有希望。没错，他打过仗，顺便说一下，他的伤残并无大碍，只是走路时有一点不平衡。他的老东家能做到这些，是他的旧识，他很有毅力，他早已将他解放出来，他们的心在共同跳动，他们开始了：瞧，走路了，瞧，他自己还不同意，有点不好意思，觉得这样对他是种羞辱。现在完全是另一码事了。现在应该很快可以做到。大家在等待。

暴风雪肆虐，忽而减弱忽而扩散，夹杂着雪花低低地飞过。屋顶天窗被打破了，打碎的玻璃丁当四溅，屋里似乎陷入了永恒而宁静的昏暗中，街道上忽然响起了干燥的加鲁斯布的摩擦声，立刻变得生动起来。这时在大片大片灰白色的吹雪中，骑马者和步行者的面孔时隐时现，他们额头上低低地戴着钢盔，仿佛白雪覆盖的大钟遮住了他们，他们走近，又渐行渐远，灵活地绕来绕去。他们时常出现又消失得无影无踪。让你不得不想，他们是幻影，还是不是幻影。

每当暴风雪的消息飞抵灯下，楼梯上就会出现不断摇摆的栏杆影子，台阶断了似的，却悄无声息，好像一张张纸铺在那里。黑色的烟舌呈圆圈状盘旋上升，视线变得时而清晰时而模糊。

这时总能听到这些话：

“斯皮尔顿！”

“有什么吩咐，巴林？”

“斯皮尔顿，你做的是什么事？你怎么一个人散步呢？亲爱的，你在做什么？你在犯傻，不是吗？”

“开个玩笑，我们就直截了当吧，巴林，谢尔盖·格纳奇耶维奇很快就要到了吧？”

“不知道，亲爱的，不知道，如果没收到电报就应该是随时到了，说来就来，出其不意，斯皮尔顿。”

“为什么啊？”

“嗯，你是在说暴风雪吗？”

“太可怕了！”

“我听见了，听见了，听见了，亲爱的，但没有你。你不走啦？那我们就记下那些蠢事吧。”

或者是这样的对话：

“看哪，斯皮尔顿，我多伤心啊，亲爱的，不要再像以前那么粗鲁了，不要打断上级的话，不要娶媳妇了，斯皮尔顿，如果你结婚，儿子就得被派上战场，那你就要像我这样……守在楼梯这儿……”

“一辈子都要这样了吗?”

“到孙子辈时肯定会过去了，它一直都没结束，什么时候能结束呢？你能说出来吗？到明年三月七号，记住我的话，和平就要来了。你现在正站在赶走德国人的前夜的大门口。”

两个小时过去了，三个小时后，斯皮尔顿蜷缩着、控制着他已不年轻的身体，暴风雪在楼梯上赖着不走。穿衬裤的守门人让它觉得很奇怪。暴风雨渐渐停息了，他也入睡了。而后暴风雨又四处乱撞起来，车轮滚了下去。

深夜，下面楼梯上响起二十多次胶鞋的脚步声，夹杂着舞步的韵律和有点跛的步伐，还有不规律的敲门声，斯皮尔顿两人被吵醒。

四、回归

“你瞧，在价值上看法没有达成一致，不值得放手，这就是我来找你的原因。这也不奇怪，我的小心肝，你在家里，毕竟待了四天四夜了；无论如何儿子还是跟我亲；即使是——军官；这太有趣了，活见鬼，见魔鬼了；与此同时……”

“拉倒吧，爸爸，您说的是战争吗？要知道我沉默不是偶然的，是有原因的，我随便找个时间跟您说吧，以后随便哪个时间，该说的时候我会说的。”

“小心肝，劳你驾了。我不强迫你开口。只是我们可说定了。吸，吸，吸——就按你说的办，以后的，以后再讲。我提醒你。”

“对，就是这样。您提醒我。说定了！您到时候跟我说：‘真扫兴。’”

“扫……我的小心肝，听我说，这样不合适，就让我猜这糟糕的哑谜吗？可是，可是，你有格奥里基，你……是随便什么时候都能见到他吗？”

“贫乏的语言！您没有理解，我不是那个意思。我说的不是那种扫兴，在这点上我和所有人一样，感到一切都是焕发光彩的，我想跟您在日后随便某个时候说的是，‘我们的民歌是如何产生的。’”

一九二二年